O PRESIDENTE PORNÔ

BRUNA KALIL OTHERO

O presidente pornô

Companhia das Letras

Copyright © 2023 by Bruna Kalil Othero

Grafia atualizada segundo o Acordo Ortográfico da Língua Portuguesa de 1990, que entrou em vigor no Brasil em 2009.

Capa e imagem de capa
Caco Neves

Foto de orelha
Mauro Figa. Produção: Filipe Dias Vieira. Memorial Minas Vale

Preparação
Márcia Copola

Revisão
Renata Lopes Del Nero
Camila Saraiva

Embora se inspire em fatos e pessoas reais, esta é uma obra de ficção.

Dados Internacionais de Catalogação na Publicação (CIP)
(Câmara Brasileira do Livro, SP, Brasil)

Othero, Bruna Kalil
    O presidente pornô / Bruna Kalil Othero. — 1ª ed.
— São Paulo : Companhia das Letras, 2023.

    ISBN 978-65-5921-541-6

    1. Prosa brasileira I. Título.

23-151043	CDD-B869.8

Índice para catálogo sistemático:
1. Prosa : Literatura brasileira B869.8

Cibele Maria Dias – Bibliotecária – CRB-8/9427

Todos os direitos desta edição reservados à
EDITORA SCHWARCZ S.A.
Rua Bandeira Paulista, 702, cj. 32
04532-002 — São Paulo — SP
Telefone: (11) 3707-3500
www.companhiadasletras.com.br
www.blogdacompanhia.com.br
facebook.com/companhiadasletras
instagram.com/companhiadasletras
twitter.com/cialetras

O PRESIDENTE PORNÔ

advertência I

Todos os acontecimentos políticos narrados neste livro ocorreram, ocorrem e ocorrerão na história republicana do Brasil. Não me culpeis pelo que lhe achardes romanesco. Ou o que fizer vossas genitálias tremerem. A ficção é o que existe lá fora, e aí dentro. A seguir, vamos mergulhar no nosso passado como cientistas malucos sob o efeito de psicotrópicos tropicais. Veremos surgir em nossa frente um presidente-monstro: colcha de retalhos de todos os homens que ocuparam o cargo mais alto da República. O obsceno. O escatológico. O absurdo. Não inventei nada — só juntei. O Mistério da História adverte: este livro pode causar gases, ânsias, vômitos, dificuldade de distinguir cores (com predominância de verde e amarelo na percepção visual), desmaios, alucinações, síndrome de Vargas-Kubitschek, priapismo, incontinência fecal, hiperpigmentação do palato duro, irritabilidade e uma vontade incomum de dar o cu.

Vamos ao legado da nossa miséria.

BKO
134 anos depois do primeiro golpe militar

*dedico este romance
às presidentas que vieram
e que virão.*

Em face dos últimos acontecimentos
Oh! Sejamos pornográficos.
Carlos Drummond de Andrade

Nunca vi país democrata para ter
tanto rei.
Marku Ribas e Paulo Coelho

A culpa deve ser do sol.
Chico Buarque

Prefiro fofocas, amor, à Pátria!
Sebastião Nunes

O Brasil precisa ser dirigido por uma
pessoa que já passou fome. A fome
também é professora.
Carolina Maria de Jesus

bilheteria

ele era um cuzão. por isso, elegeu-se presidente.

crianças, vamos a este conto de fadas, fodas & fedor.

era uma vez a terra: nela vivia um povo feliz, inteligente e livre. plantavam, comiam, sentiam prazer. um dia, a terra foi violentamente invadida. de imediato um enjoo milenar contaminou o ar e desde então todo mundo tem vontade de vomitar. eis o nascimento do Plazil, nosso amado país — berço oficial dos distúrbios proctogastrointestinais mais chiques do planeta.

vocês podem acompanhar a historinha pelos seus programas, isso mesmo, esse troço que foi entregue na portaria. preparem-se para uma peça de arrepiar! com todo tipo de arrepio! tesão & terror. tortura & tontura. emoção & amor! o ser humano, por assim dizer.

bom espetáculo!

ATO I

advertência II

(estamos num grande teatro com imponentes cortinas vermelhas.
um lustre imenso, transparente. a luz destaca o camarote. sentados,
estão o Imperador e a Imperatriz, vestidos com trajes de látex e ro-
deados de cordas, couros e cus. há à disposição uma variedade imen-
sa de brinquedos sexuais, desde dildos de cristal medindo 30 cm e
esferas anais até chicotes de diferentes texturas e penas. também há
lubrificante e camisinhas, porque isso aqui não é bagunça)

te lembras, ó Supremo Imperador, de quando ainda existiam
presidentes, hahaha, esses seres rastejantes inúteis & prepotentes,
frutos de uma *eleição* — que palavra pavorosa! ainda bem que foi
extinta da língua —, escolhidos por outros ainda mais inúteis &
mais prepotentes, ó Suprema Imperatriz, tenho um sentimento
deveras culposo em relação aos meus ancestrais obrigados a vivenciar tal barbaridade, Que Assim Seja Louvado, eu também, ó
Imperador, Que Assim Seja, Meu Supremo Senhor, eram tempos
precários, mais primitivos, eles tinham urnas, ou pelo menos fin-
giam que elas serviam pra alguma coisa, faça-me o favor, ó Supre-

ma Imperatriz, era o caos, um caos imperfeito e irracional, que bom que já foi tudo resolvido, que bom que essas páginas vergonhosas foram superadas pela história, Que Assim Seja Louvado, oh, sim, Que Assim Seja, Meu Supremo Senhor, hoje só nos resta gozar das alegrias duramente conquistadas com o sangue dos sacrificados, Ah, Amém Absoluto, Ah, Amém, mas é divertido relembrar os velhos tempos, não achas, Suprema Imperatriz, não te esquenta o corpo? acho sim, Meu Imperador, Meu Supremo Senhor, só de pensar me sobem uns calores, é deslumbrante ver o quanto evoluímos, a evolução me incha o mastro, Minha Divina Suprema, a mim também, ó Soberbo Imperador, a indigência passada intensifica o meu tesão, imaginar os rostos daqueles miseráveis, as pobres vidas podres que viviam, a ilusão torpe da democracia, nada mais que o governo do demo, a urna funerária da liberdade, Puta Que Pariu Caralho, sinto-me deveras inflamada com tuas provocações históricas, venha, Meu Supremo Senhor, sinta estes melões latejando, coloque-os na tua sagrada boca (*a Imperatriz diz isso enfiando a mão na calça do Imperador*), ó Meu Caralhudo Maridinho, diga, Minha Adorada Afrodite, ocupe tua língua enquanto a minha te acaricia as veludosas bolas (*o Imperador diz isso enfiando a boca nas tetas da Imperatriz*), ai, Meu Senhor, agora seria um bom momento para aquele teatrinho de que gosto tanto, pois não, Deusa Safada, teu desejo é uma ordem, chamem Os Bobos Da Corte Imperial, eu ordeno, agora! minha mulher, vossa Suprema Imperatriz, deseja ser entretida com histórias mui antigas, queremos ver o conto mais clássico dessas terras: *O presidente pornô*. ui, ui, ui! então tragam Os Bobos de imediato, abram as cortinas, e fechem as bocas!

a verdade

(as cortinas vermelhas se abrem ao som de O guarani de Carlos Gomes. o cenário busca representar os ambientes & costumes de um Plazil entre a segunda metade do século XX e a primeira metade do século XXI, não se sabe ao certo a data, mas, no frigir dos ovos, não há diferença. um homem absurdamente velho, intensamente branco, irreversivelmente calvo entra e se senta na larga poltrona, vermelha, em frente a uma jovem vestida como repórter)

tá anotando, rapariga? anota tudo que eu falar, na ordem que eu falar, do jeito que eu falar. se preferir gravar pode. mas você precisa se comprometer a copiar tudo tim-tim por tim-tim. sabe como é, tá cheio de gente por aí colocando palavra na minha boca. se você não escrever do jeito que eu falar, aí é problema seu. pode anotar: Bráulio Garrazazuis Bestianelli, Bestianelli com dois LL, veja se escreve certo, mocinha, a honra de um homem reside primeiro em seu nome. nome, home, macho. me chame de Senhor Bestianelli ou Sarnento Bestianelli, meu primeiro nome é só pra família, coisa íntima. pra você é Sarnento.

não se preocupe, senh...

não me interrompa. não sei que tipo de educação você teve, mas respeito aos mais velhos é essencial para o bom funcionamento da República, da nossa sólida democracia *(risos do Imperador e da Imperatriz)*. quando eu era jovem não entendia isso muito bem, mas agora que sou velho vejo o quanto é importante valorizarmos as pessoas mais idosas. como eu.

mas eu só quis dizer qu...

pois é, 133 anos nas costas, ainda estou na flor da idade, devo viver muito ainda, mas não sou o mesmo dos setenta, oitenta, meu auge. pra ser sincero, tô é cansado de tudo, exausto de ficar guardando segredos, rapariga. já circulou muita notícia falsa aí sobre mim, sobre o meu governo, sobre a forma como eu comandei o país naquela época, a glória daqueles anos, *the golden age.* as pessoas precisam saber a VERDADE. a verdade única, a verdade universal, o que realmente aconteceu.

bom, esse conceito de verdade universal é um pouco complex...

então cala a boca e anota aí.

o primeiro discurso

(um jovem Bráulio ensaia o discurso pelado, em frente ao espelho da sua suíte)

é com muito orgulho que ~~eu, esse macho safado,~~ me dirijo a vocês, povo plazileiro, para me candidatar oficialmente ao maior cargo desse país: ~~o dono dessa porra toda~~ a Presidência da República.

muitos se perguntam: o que é uma República? ~~eu também não sei.~~ estou aqui para te ajudar, eleitor. a República Plazileira nasceu divulgando ideais de juventude, deixando o velho Império para trás. mas sempre com respeito, claro. o primeiro presidente, um militar das Forças Mamadas, foi sábio: mudou o regime, mas não a Páutria! ~~não sei se entendi essa parte, mas tudo bem.~~ a bandeira continuou a mesma, reluzente, verde de Portumal, amarelo de Habsbúrguer, ~~nossa, eu jurava que era verde das florestas e amarelo do ouro, tem que conferir essa informação aí~~ Ordem & Progresso dos militares negativistas. é preciso ter uma atitude positiva, sempre! e negativo rima com positivo. *liberdade! liberdade!, abre as asas sobre nós! nós nem cremos que escravos outrora tenha havido em tão nobre país!* ~~que baixo-astral, lembrando de escravo, rever essa parte~~ só existe República quando existe uma comunidade política formada por pessoas livres. a República é uma comunidade política que pressupõe a união de indivíduos diferentes para lidar com bens, interesses e direitos comuns. o oposto de uma gloriosa República é a terrível Tirania, o governo de poucos, que restringe e sufoca os direitos dos cidadãos. República, pois, significa *coisa pública*, um bem comum, em contraste ao bem particular, a *res privata*. ~~caralho, meu assessor realmente fez sua pesquisa. vou pagar um rodízio de churrasco pra ele.~~

somos um povo LIVRE & JOVEM. por isso, peço seu voto. eu, com meus oitenta anos, sou moço e vigoroso, tenho séculos à frente e gozo de muita energia. muitos dizem que eu sou o homem errado no lugar errado. ~~alguém disse isso?~~ calúnias! certo e errado é uma questão de ponto de vista. e estou aqui para provar que errados são os meus opositores! ~~porra, já imagino a multidão gritando. bráu-lio! bráu-lio!~~

entro na corrida eleitoral para fazer diferente dos que vieram antes de mim. ~~hahaha essa frase é boa pra cacete~~ sei que vocês, meu povo plazileiro, estão cansados de governantes com mais do mesmo, que não fazem nada pelos seus direitos. o que o Plazil precisa é de uma liderança forte, firme, robusta, possante, viril, rija, veiuda. ~~aiiiiiiin, que delícia...~~ como vocês sabem, sou um Segundo-Sarnento do Exércuto, melhor que muito Primeiro-Sarnento, e garanto que a disciplina militar será utilizada em todos os âmbitos do nosso governo. nós, militares, os pais da República Plazileira, somos os mais capazes para dirigir o país, e não esses bacharéis letrados, que não pensam na nação e nem são dotados do mesmo grau de pautriotismo! apenas um militar que pinta calçadas, se exercita às cinco da manhã e brinca de batalha-naval consegue compreender a verdadeira dimensão do nosso imenso país. apenas um militar poderá varrer o Plazil da corrupção dessas elites! apenas um militar poderá trazer ordem! ~~progresso não precisa, né? já falamos lá em cima, acho que tá bom~~ o Plazil vai defender-se a si mesmo, vai defender sua existência moral e a sua existência política, vai defender a estabilidade do seu território. governar é abrir estradas! viva as Forças Mamadas! por isso, eleitor, eu afirmo: não serei mais uma foto em branco e preto nos livros de história. estarei em *technicolor*! não anule, esverde e amarele, vote Bestianelli! ~~tô louco de tesão pra fuder com a República, hum! essa bela mulher branca de peitos sugestivamente à mostra, cabelos esvoaçantes e um barrete da liberdade na cabeça.~~

(Bráulio passa alguns segundos se encarando no espelho. é um espelho de corpo todo, importante dizer. o seu pênis murcho & flácido vai ganhando sangue e endurece progressivamente enquanto ele se imagina comendo a República, chupando seus peitos, cheirando suas madeixas. de olhos bem abertos, encarando-se a si, ele bate uma punheta esforçada. o pênis ainda está meia-bomba. contudo, a dureza atinge o ápice quando, na sua fantasia, a República o joga no chão de quatro e come, furiosamente, o seu ânus. a velocidade da punheta aumenta, os olhos sempre abertos, os pelos brancos do peito manchado se arrepiam, e é aí que Bráulio Garrazazuis Bestianelli, futuro presidente do Plazil, fecha os olhos: o gozo, enfim)

bate-bola

a corrida presidencial está oficialmente aberta, eleitor! e pra encerrar esse papo delicioso que tivemos com o nosso amigo Bráulio Bestianelli, a gente vai fazer o famoso pingue-pongue, nosso jogo rápido. você é bom de bola, candidato?

ô, e como.

maravilha. candidato, uma cor.

verde.

uma praia.

todo o Plazil!

fico alegre quando…

brinco com minha arma.

o púlpito pra mim é…

me respeite, eu sou heterossexual.

minha mãe briga comigo quando…

sou grosseiro.

o pior castigo é…

ficar sem chupeta.

meu grande sonho…

vestir a faixa presidencial, é claro.
meu grande medo...
não tenho medos, sou macho.
a piada perde a graça quando...
o riso não é meu.
não vivo sem...
o gozo da existência.
ser homem é...
gozar da existência.
a humanidade é...
um parquinho.
casamento é...
deus.
deus é...
o homem que me criou.
política é...
ganhar.
quem vive de passado é...
ex.
uma inspiração?
o espelho.
um ano?
hoje.
um animal?
porco.
por que porco?
tem orgasmos de trinta minutos.
naturalmente. um político?
eu.
uma lembrança?
a juventude no Exércuto com meu melhor amigo, João.
um filme?

o exterminador do futuro.

um livro?

não leio, só escrevo.

poxa, fala só unzinho!

hum, deixa eu pensar. a arte da guerra.

conta mais sobre o que você escreve.

rabisco alguns poemas de vez em quando.

então, uma rima?

dor/calor.

escolha bem plazileira. um fetiche?

algema.

um ídolo?

os vistosos e rígidos homens das Forças Mamadas que vieram antes de mim.

uma saudade?

minha infância. tempos mais simples.

um remédio?

sempre prefiro os azuis.

uma mulher que já traiu?

minha atual esposa, que está ali na plateia, beijo, amor.

pedra, papel ou tesoura?

pedra.

depilado ou peludo?

sim.

ventilador ou ar-condicionado?

ar-condicionado.

seminude ou nude?

nude.

passeata, motociata ou carreata?

quem protesta com carro é mais levado a sério.

naturalmente. prazer?

são tantos, difícil escolher.

raiva?
o politicamente correto.
tristeza?
moro num país tropical, aqui não tem tristeza!
vaidade?
não sou vaidoso, como disse, sou heterossexual.
arrependimento?
de não ter me candidatado antes.
paixão?
minha esposa.
amor?
meus comparsas.
ciúme?
uma borboleta de olhos verdes.
Plazil?
eu.
futuro?
o Palácio do Cacete.
passado?
já foi.
sua maior qualidade?
mandar.
seu maior defeito?
não ser eterno.
e pra finalizar: Bráulio Bestianelli por Bráulio Bestianelli?
o presidente, é claro.

o caminho da prosperidade

Eis aqui um plano de governança
Espetacular, com muita esperança.
Mas sei que nós não somos de leitura,
Nosso negócio é beleza pura!
Um plano de governo é muito chato,
Disso sabe bem o seu candidato.
Então resolvi escrever um poema
E acabar de vez com esse dilema.
Meu plano é muito simples, eleitor:
Governar o Plazil com muito amor!
Somos um belo país tropical,
Divertido, tesudo e musical...
Temos pessoas de todas as cores,
Brancos, pretos, marrons, até escritores!
Nosso mote maior é a liberdade
Pelo caminho da prosperidade.
Fala sério — sou foda pra caralho,
O melhor de todos para o trabalho!

E para que fiquemos bem na foto,
Querido eleitor, eu peço seu voto:
Vote Bráulio, poeta e presidente,
O único que cuida mesmo da gente!

*Encaminhe essa mensagem para outros dez eleitores
ou você terá dez séculos de impotência sexual.*

as candidaturas por elas mesmas

Uma das belezas da república democrática é a sua diversidade. Por isso, pedimos a cada uma das seis principais candidaturas das eleições presidenciais que se apresentasse para os eleitores em apenas uma citação — afinal, quem tem tempo pra ler plano de governo?! Seguiremos a ordem alfabética, pois somos um jornal neutro, sem opiniões partidárias, ideológicas, sexuais e/ou políticas.

Anselmo Gomes da Silva, PS — Partido Social: "A última vez que o Plazil teve um presidente preto ainda andávamos todos de carroça! Em que século estamos nesta montanha?".

Bráulio Garrazazuis Bestianelli, PAU — Partido Armamentista Ufanista: "Vamos passar pano nos problemas pra limpar o Plazil!".

Fabinho Carroceiro, CC — Causa Carroceira: "Eu represento o carroceirismo. O Plazil é a nossa roça, preservemos as carroças!".

Professora Gaia Pereira, PP — Partido Proletário: "Pra resolver os problemas do Plazil, vote numa professora de matemática!".

Pietra Rossi, PICA — Partido Independente Católico Apostólico: "Mulher vota em mulher — disse o Nosso Senhor, amém!".

Romeu Sufra, PLG — Partido Libera Geral: "Privatizaremos até as privadas!".

de frente pro sarnento

Boa noite, senhoras e senhores, boa noite, Plazil! Hoje estamos aqui com o candidato à Presidência da República Bráulio Garra-zazuis Bestianelli, que vem chamando atenção na disputa presidencial. Ele será o nosso entrevistado esta noite, e todos nós estaremos de frente pro Sarnento! Vamos começar falando de economia, um assunto importantíssimo para a realidade financeira atual da nação. Como o candidato pretende realizar a reforma tributária?

Reformando os tributos.

Pode desenvolver um pouco mais?

Para fazer a reforma, vamos reformar como nunca dantes foi reformado! Não tem segredo.

Certo. Pessoas despreparadas têm ocupado cargos importantes no governo sem a menor competência para tal. Resultado: Estado caro e ineficiente. O que será feito no seu governo para acabar com o apoio político em troca de favores e cargos públicos?

Já começaremos com uma mudança profunda, pois eu, o

futuro presidente, deixo claro que não meterei o bedelho em assuntos que não entendo, prefiro deixar para os especialistas. Não entendo de economia, não entendo de cultura, não entendo de segurança, não entendo de saúde, não entendo de educação. Não entendo de medicina, de agricultura, não entendo um montão de coisa. Por isso, vou colocar em cada um dos meus ministérios alguém que entenda disso tudo aí. Mas se tem uma coisa que eu entendo, e entendo muito bem, isso é ser presidente. (*palmas da plateia*) Então o povo plazileiro pode ficar sossegado que terá uma pessoa muito competente ocupando esse cargo tão importante!

Interessante a sua posição. Agora vamos falar de educação. O Ensino Fundamental e o Ensino Médio no Plazil são de péssima qualidade. Sistemas de cotas são criados, mas isso não acaba com o abismo entre ensino de qualidade privado e o caos qualitativo do ensino público. Quais as suas propostas para essa questão?

Sou contra cotas. Cotas são pra estudantes preguiçosos, que não gostam de trabalhar duro nos livros, ler as coisas, grifar etc. Quando eu estudei, precisei de cota? Tudo bem que eu não estudei, mas isso não vem ao caso agora. O importante é ressaltar que estudante bom mesmo não precisa de cota, não precisa de ajuda do governo, não precisa de professor. Precisa só de estudar!

O estudo é realmente muito importante. E por falar em matérias de escola, hoje o feminismo tem surgido como uma linha de força crescente na sociedade plazileira. O que o candidato pensa sobre o assunto?

"Feminismo" vem de "fêmea", que tem a ver com a mulher. As fêmeas do Plazil gastam muito tempo pensando nisso de direitos quando poderiam estar se arrumando, ficando cheirosas, perdendo peso. Me perdoem as malfeitas, mas beleza é fundamental. Por isso, no meu governo, teremos a Bolsa Feminina, voltada a parcelas vulneráveis da população fêmea: as mulheres feias. A Bolsa Feminina consiste numa bolsa cheia de produtos de beleza, e foi especialmente idealizada pela minha esposa, que está ali na plateia, beijos, amor. (*palmas da plateia*) As fêmeas serão muito bem tratadas no meu governo, fiquem tranquilas, meninas. Eu, pessoalmente, amo mulheres, até sou casado com uma! Muito bonita e gostosa, por sinal! Aproveito pra mandar um beijo pra minha sogra, que está nos assistindo da sua casa. A casa é o reinado da mulher: afinal, como está na Bíblia, a mulher sábia edifica o lar. Que as mulheres do Plazil sejam menos feministas e mais femininas!

Eu como mulher fico aliviada ouvindo uma proposta dessa. Candidato, por que os cargos de presidência das várias agências reguladoras não são obrigatoriamente técnicos e sim políticos? Qual a sua visão sobre o tema?
Discordo.

Do quê?
Disso tudo aí que você falou.

Agora vamos discutir o meio ambiente. Sobre o Código Florestal Plazileiro, como será possível o controle do desmatamento? O que o candidato pensa sobre a flexibilização do percentual obrigatório da reserva legal? Deve-se aumentar ou diminuir o número de áreas para desmatamento?
Desmatamento é sinônimo de progresso, portanto, quanto mais desmatarmos, mais o Plazil irá enriquecer. A esquerda demonizou o desmatamento como se fosse uma coisa ruim, e só o fato de você me fazer essa pergunta demonstra como essa doutrinação foi profunda. (*palmas da plateia*) Veja como exemplo as grandes capitais dos países desenvolvidos: não tem uma árvore!

Árvore é coisa de hippie, que faz saudação ao sol. O sol que deveria nos saudar! Nós, as verdadeiras estrelas! Por isso, a minha proposta para o meio ambiente é a criação de um Museu da Floresta Plazileira, onde plantaremos uma muda de cada árvore nacional, isso já basta para a apreciação dos visitantes estrangeiros, uma vez que o Plazil é uma referência de turismo tropical. Por meio desse Museu, estaremos confirmando o nosso compromisso com um futuro sustentável que respeita a nossa história transamazônica!

Já que o senhor mencionou o turismo, como pretende abordar esse assunto no seu governo? O turismo sexual, por exemplo, é um problema sério que o Plazil vem enfrentando há muitos anos. Quais as suas propostas para proteger o país desse tipo de exploração?

Turismo homossexual? O Plazil não pode ser um país do mundo gay, de turismo gay. Temos famílias. Agora, quem quiser vir aqui fazer sexo com uma mulher, fique à vontade. Como disse, por mais que tenhamos uma epidemia de mulheres feias recentemente, ainda somos conhecidos por um país de beldades tropicais, o que eu pessoalmente posso atestar, beijo, amor. *(palmas da plateia)* Não há bunda no mundo como a bunda plazileira. Além do mais, a minha proposta da Bolsa Feminista consertará todas as desprovidas de beleza, deixando-as práticas e plásticas para receber os gringos, com o típico jeitinho sensual da nação. Por isso, uma das minhas propostas é flexibilizar o visto para estrangeiros ocuparem o Plazil.

Fica esse recado então para o nosso público internacional. Estamos de portas e pernas abertas para vocês! Caso o senhor seja eleito, quem vai compor seus ministérios? É possível assumir compromissos não partidários antes da posse ou isso será leiloado depois da eleição? Gostaríamos de conhecer desde já o corpo técnico que cuidará da condução de seu programa!

Não se preocupem, plazileiros. O meu corpo está mais do que preparado! Teremos especialistas reconhecidos de todas as áreas, homens que entendem do que estão fazendo! Claro, mulheres também. Uma mulher num ministério equivale a dez homens! (*palmas da plateia*) Por isso a proporção de ministros será 90% masculina e 10% feminina, pois não devemos esquecer que o Palácio do Cacete é uma casa, e toda casa de bem precisa de um toque feminino para prosperar.

E como o povo entra nisso tudo? Qual é a sua opinião sobre a participação popular no governo através de plebiscitos e consultas públicas diretamente voltadas à população?

Plebiscitos são ideias antigas, não adequadas à velocidade e ao dinamismo da vida contemporânea. Por isso, faremos enquetes virtuais, nas quais o povo pode responder perguntas essenciais para a política nacional sem sair de casa, apenas apertando um botão no seu respectivo equipamento eletrônico. Por exemplo, a primeira consulta que pretendo fazer após vencer a eleição é uma questão crucial para a segurança e a infraestrutura da páutria: peito ou bunda?

Então, candidato, para encerrar esse incrível debate, queremos ouvir a sua posição: afinal, peito ou bunda?

Como político, eu deveria ser neutro, manter-me sem opinar em tamanha polêmica, um assunto deveras espinhoso. Porém, antes de ser político eu sou plazileiro. E é inegável que a bunda é um patrimônio imaterial da nossa nação. Mas gostaria de deixar claro que nada tenho contra peitos. O melhor mesmo é peito com bunda. Peito bundudo, bunda peituda. De qualquer forma, deixo essa tão importante decisão para a soberania popular.

Senhoras e senhores, povo plazileiro, esse foi o sensacional, genial, estupendo, inteligentíssimo: Sarnento Bráulio Garrazazuis Bestianelli! Candidato à Presidência da República, que respondeu aqui, com muita elegância e perspicácia, as nossas perguntas feitas pela audiência! Obrigada, candidato, pela disponibilidade e pela gentileza em estar conosco essa noite. Uma boa noite de sonhos para todo o Plazil!

o argonauta

Na manhã de hoje, o candidato à Presidência do Plazil, Bráulio Bestianelli, foi visto tentando fazer manobras radicais de jet ski, seu brinquedo preferido, no Lago Norte, em Plazília. Quando abordado pelos repórteres, antes de cair na água após uma manobra malfeita, o candidato afirmou: "Assim como desbravo águas com esse jet ski, irei caçar os marajás deste governo ineficiente! O jet ski é um símbolo da República!". Com essa deixa, seus apoiadores, presentes em peso às margens do lago, entoaram a canção-símbolo da sua campanha enquanto agitavam panos sujos no ar:

♪ *passa, passa o pano usado* ♪
♪ *limpa, limpa a bandalheira* ♪
♪ *que o povo já está cansado* ♪
♪ *de sofrer dessa maneira* ♪
♪ *Bráulio é a beleza* ♪
♪ *desse povo abandonado* ♪
♪ *Bráulio é a certeza* ♪
♪ *de um Plazil moralizado* ♪

o karatê kid

Com sua pose favorita, a de carateca inseguro e juvenil, o candidato Bráulio Bestianelli prometeu matar a inflação com um ippon. Contudo, lutadores de karatê reconhecidos desconfiam da sua faixa preta. Acham que ela é falsa e querem cassá-la. Por baixo do quimono, usava uma camisa motivacional, onde se lia: *o tempo é o senhor da razão*.

(nesse momento, o Imperador e a Imperatriz iniciam uma crise de riso, que interrompe a lutinha entre seus paus rígidos e veiudos. os atores no palco, nervosos, olham para o camarote com raiva, tirados momentaneamente de seu comprometimento ficcional)

ô diretor, assim não dá, tamo tentando fazer a peça aqui e esses dois não param de rir?! desconcentra a gente! vou ativar o sindicato dos atores!

porra, Marquinhos, não fode! "esses dois" *(fazendo aspas com os dedos)* são o Casal Imperial, patrocinador dessa peça e da sua vida! repete essa insolência, repete! parece que quer ser enforcado! sindicato é a cabeça da minha rola!

(Imperador e Imperatriz gargalham ainda mais alto, firmes na crença diegética de que tudo faz parte da peça)

Ai, Meu Amor Divino, parece que a cada ano a nova representação d'*O presidente pornô* fica melhor, De Fato Minha Tesuda, nossa Companhia de Teatro Imperial não cansa de se superar, artistas da mais altíssima qualidade, proponho que recebam um aumento no salário, pois nós somos deveras muito comprometidos com a promoção da cultura em nossa terra, Caralho, Meu Supremo Senhor, é só começares a balbuciar burocracias que já enrijeço-me toda, te ordeno que caias de boca & língua nos meus orifícios, com toda a honra te obedeço, Ó Gostosa Safada!

aí, diretor, ainda garanti mais grana pro nosso bolso! me xinga agora, vai!

vai te fuder, Marquinhos! luz, ação e boca calada!

o intelectual

Bráulio Bestianelli é mesmo uma caixinha de surpresas. O candidato acrobata decidiu temperar a sua campanha com traços de cultura. Chegou ao comício de hoje carregando livros de filosofia. A reportagem conseguiu apurar os títulos: *A experiência interior*, de Jorge Batalha; *Que filosofar é aprender a morrer*, de Maicol Montanha; e *Morri para viver*, de Andressa Beauvoá.

antes que o sol se ponha

hoje estou fraco. energia sugada pelas instituições, pela imprensa, pelos eleitores. o homem contra um mundo. no fim do dia, corpo — apenas. uma ideia — sim, A ideia. ousadia. possibilidade. vingança. fortalecer-me-ei. preciso chegar no debate com tudo. o cume da campanha. Deus está do meu lado. mas só Ele não basta. invoco Seus irmãos. nem que seja preciso um incentivo de um lado e uma ajudinha secreta do outro. um banquete. uma festa. uma orgia. rumo à mais desejada sobremesa. a força mais humana e mais natural. agora venham e ajudem a comer o vosso inimigo.

— *trecho do diário de Bráulio*

ali vem nossa comida pulando

Cidadãos de todo o Plazil, olá. Agora há pouco recebemos uma bomba nos bastidores, e resolvemos mudar a linha editorial do programa de hoje. (*burburinhos na plateia*) Convidamos ao nosso palco a jornalista Tarcisa Amália, que traz, em primeira mão e às vésperas do debate presidencial, informações inéditas sobre hábitos obscuros de Bráulio Bestianelli, candidato à Presidência da República. (*entra uma mulher branca de roupas rasgadas, com machucados e hematomas pelo corpo*) Bem-vinda, Tarcisa, muito obrigada por estar conosco hoje.

Eu que agradeço pelo espaço, Renata.

Então, Tarcisa, nos conte o que você viu, que estamos todos ansiosos.

Bom, Renata, eu me dirijo a você e sua plateia, mas desejo falar com todo o Plazil, pois as informações que trago são de interesse nacional. Presenciei um furo sem precedentes na história presidencial do nosso país.

Não nos mate de curiosidade, Tarcisa! Desembucha!

Pois bem. (*pausa dramática*) Eu testemunhei, com meus

próprios olhos, o candidato Bráulio Bestianelli morder, mastigar, devorar e se deliciar com (*segunda pausa dramática, aumento da voz*) CARNE HUMANA.

(*gritos, desmaios, protestos, confusão geral na plateia. Renata chama o intervalo, Contra azia e má digestão, tome Ameno, o remédio mais querido do Plazil! Veja hoje em* Gênesis *a origem de todo o mal e de todo o bem da humanidade*)

Tivemos alguns problemas técnicos, mas já estamos de volta com a história bizarra de um candidato que come gente. Não saia deste canal! Quem vai nos explicar isso direito é a jornalista Tarcisa Amália.

A plateia está certa em se chocar com essa revelação bombástica. Eu mesma só acredito porque vi. E estou aqui para contar tudo. Peço vossa atenção.

(*silêncio & concentração absolutos na plateia*)

Eu sou jornalista política há mais de uma década, sempre acompanhando candidatos nas eleições. Nesse ano, tive como tarefa escrever um longo e detalhado perfil sobre Bráulio Bestianelli, candidato do PAU. Levo meu trabalho muito a sério, talvez até demais, e logo percebi que só encontrar Bestianelli em coletivas de imprensa e entrevistas não seria suficiente para traçar seu perfil fidedigno. Então revivi meus tempos de jornalista investigativa e resolvi acompanhá-lo, digamos, mais de perto: tornei-me seu carrapato. Quase sempre me deparava com portas fechadas nas suas diversas e misteriosas reuniões, mas ontem eu tive sorte — a agenda oficial do candidato informava que ele estava indo para um retiro rural descansar antes do debate dessa semana, e pensei que essa seria uma excelente oportunidade para vê-lo num ambiente mais pessoal. Eu estava mirando o homem e não o político, somente isso. Então, em nome da verdade jornalística, na noite de ontem quebrei os protocolos e segui seus carros até uma floresta afastada da capital. Enfrentei muitos desafios no trajeto, andando de moto sempre à distância e com farol apagado, para não ser identificada. Os carros pararam e eles seguiram uma trilha a pé, eu atrás. Qual não foi a minha surpresa ao perceber que não chegamos num retiro rural, mas numa tribo indígena! Eu pessoalmente nem sabia que índio ainda existia no Plazil, pensei que esse era um problema do passado, já resolvido. De qualquer forma, minha curiosidade jornalística só aumentou: que tipo de homem Bráulio Bestianelli era no íntimo privado, mentindo para os eleitores sobre seu horário de descanso? Seria um programa de índio? (*risos curiosos da plateia*) Ou algo além? Fiquei mais atenta e tomando mais cuidado para não ser vista. Depois de alguns minutos sem nada especial acontecendo, o pajé da tribo chegou e começou a conversar com Bestianelli. De longe, não pude entender muita coisa, mas era possível perceber uma tensão entre os dois. Após o velho índio gritar de maneira mais firme com o candidato, como se o estivesse expulsando dali, os seguranças de Bestianelli tiraram armas do bolso, ameaçando toda a tribo. (*burburinhos da plateia*) Isso mesmo. No meio dessa tensão, as mulheres e homens jovens ficaram agitados, mas foram acalmados pelo pajé, que, resignado, sempre olhando pra lua, parecia dar-lhes instruções. O velho disse algo a Bestianelli, que começou a tirar a roupa e sorrir. Em seguida, o candidato apontou o dedo para um de seus seguranças, um homem grande e forte, coincidentemente o único que estava sem arma na mão. De imediato, as mulheres e homens indígenas rodearam o segurança e ataram seus braços e pernas. O homenzarrão protestou, gritou, pediu clemência, mas Bestianelli o ignorou e começou a gargalhar enquanto as mulheres pintavam seu corpo nu de tinta vermelha. Isso eu ouvi nitidamente, ele disse bem alto, entre risos perversos: *você não quis dar pra mim, então agora vou te comer.* Mulheres e crianças foram as primeiras a bater no segurança. Depois colaram em seu corpo penas cinza, rasparam suas sobrancelhas e dançaram em volta dele. Bestianelli gritou com a tribo, como se os estivesse apressando, ao que o pajé permaneceu inflexível, como se dissesse que as coisas aconteceriam do jeito deles. Mas o Sarnento não aceitou de bom grado, e indicou que os seguranças ameaçassem a todos novamente com as armas. O pajé se aproximou para conversar com Bráulio, mas ele o afastou bruscamente e berrou: *agora quem manda aqui sou eu.* E foi aí que o horror começou. Bráulio Bestianelli empunhou um bastão de madeira e bateu repetidamente no segurança amarrado, que logo começou a sangrar. Exigindo a ajuda dos homens e mulheres índios por meio de ameaças constantes, o candidato esquartejou o seu segurança e indicou, gritando, que os demais construíssem uma fogueira no meio da tribo. Os seguranças armados coagiam os índios a obedecer a Bestianelli, e então a churrasqueira ficou pronta, criando uma horrenda atmosfera de luz e sombra. Bráulio, feroz em seu delírio canibalesco, jogou os pedaços do pobre morto sobre o fogo, e cozinhou-os com imenso regozijo. Sempre ameaçando os presentes, ele obrigou as mulheres a entoar cantos enquanto a carne era cozida. Após alguns minutos, o candidato, sozinho, comeu toda a carne bem passada do seu segurança, com fome e com fúria.

(expressões de choque da plateia, gritos, desmaios)

Telespectador, estamos aqui com a jornalista Tarcisa Amália, que nos traz uma bomba política: Bráulio Bestianelli tem costumes canibais! De fato, essa é uma história cabeluda e horrorosa, para dizer o mínimo, mas nos diga: por que deveríamos acreditar em você? Tem alguma prova?

Aí é que está, Renata. Durante todo esse tempo, eu fui tirando fotos e gravando vídeos na minha pequena câmera. Mas por estar de noite, fiquei com medo das imagens estarem borradas ou pouco nítidas. Então fui me aproximando cada vez mais enquanto Bestianelli caía de boca no seu segurança. Eis aí o meu erro: a ambição de jornalista demasiado apaixonada pelo seu ofício. Já mais perto dos seguranças, minha movimentação fez barulhos que os alertaram acerca da minha presença. Corri pela mata no meio da escuridão enquanto eles atiravam, e, por mais que meu corpo tenha saído ileso dessa, infelizmente não posso dizer o mesmo da minha câmera. (*nesse momento a jornalista tira da bolsa uma câmera fotográfica com um buraco de bala e a exibe para o público*) Todos os arquivos foram destruídos durante a minha fuga, então essa é a única prova que tenho, além da minha palavra. Saindo de lá, vim direto pros estúdios buscando algum programa que topasse veicular a minha história. Por sorte consegui chegar aqui sem ser encontrada por Bestianelli e seus capangas, mas temo que agora que os expus a minha vida esteja em perigo.

(*burburinhos, gritos e protestos da plateia. Renata chama o intervalo, e enquanto a plateia joga objetos no palco, em direção a Tarcisa, a apresentadora conversa com o diretor na coxia, logo antes de voltar ao ar*)

Plazil, hoje recebemos a jornalista política Tarcisa Amália, que dividiu conosco um furo fantástico de terror sobre o suposto canibalismo do candidato à Presidência Bráulio Bestianelli. No entanto, esse programa preza pela verdade jornalística acima de tudo, assim como pela multiplicidade de pontos de vista. Por isso, enquanto ouvíamos Amália, nossa equipe entrou em contato e conseguiu trazer uma pesquisadora indígena, da etnia Tupinambá, que vai conversar conosco agora. Bem-vinda, Daniela Tupinambá!

Obrigada, Renata.

A Daniela é antropóloga e tem origem indígena, então ela é uma expert no assunto e pode nos explicar melhor essa barbaridade supostamente praticada pelo candidato do PAU! Daniela, por favor, nos dê a sua visão de especialista. Isso é o que vocês chamam de antropofagia?

Socorro! Duas brancas ignorantes falando abobrinhas sobre a sacralidade da cultura de um povo. Que falta de respeito! A antropofagia Tupinambá difere radicalmente dos atos supostamente praticados pelo candidato Bestianelli! Meus ancestrais eram antropofágicos, pois acreditavam que comer a carne do inimigo lhes daria a sua força, a sua honra e as suas qualidades de guerra. Só era comido quem era admirado. Corpos de homens baixos e covardes como Bráulio jamais seriam dignos da nossa cerimônia. Se essa história for mesmo verdade, candidato, deixo aqui o nosso aviso: *che y anama pepike ki chaicú*. Cansei dessa merda, cansei de ter que ficar explicando tudo para os meus algozes! Corram atrás da informação, seus brancos preguiçosos! Estudem e parem de encher a nossa paciência!

o debate: quem é quem

MARÍLIA: Povo plazileiro, sejam todos bem-vindos a uma grande festa da democracia: o debate pré-primeiro turno! Eu, Marília Doroteia, serei vossa apresentadora esta noite. Nós, jornalistas, agradecemos muito a presença dos seis candidatos com os visuais mais marcantes, segundo a *Revista TêTêTê*. Hoje é uma noite crucial para você, eleitor que nos assiste, ouvir melhor as propostas e decidir de vez o seu voto. Nosso debate funcionará da seguinte forma: primeiro os candidatos terão 45 segundos de apresentação, e depois daremos início às tradicionais etapas de DOCU (Debate Oficial das Candidaturas Ultrademocráticas). Começaremos a rodada de apresentações com Fabinho Carroceiro, seguindo a escolha por sorteio. O senhor tem 45 segundos para se apresentar ao povo plazileiro, candidato.

FABINHO: Você não me conhece, eleitor. Então deixe que eu me apresente. Sou Fabinho Carroceiro, líder da CC, Causa Carroceira, e militante da luta há muitos anos. Defendemos o

48

carroceirismo, a luta pelos direitos da população carroceira. Por dignidade, justiça e boas condições de trabalho aos carroceiros! Pelo direito dos burros e dos jegues! O Plazil é a nossa roça, preservemos as carroças!

MARÍLIA: Obrigada, candidato. O próximo é o sr. Anselmo Gomes da Silva, do PS, 45 segundos!

ANSELMO: Gostaria de começar agradecendo a emissora por nos receber neste debate, e agradecendo também a você, eleitor, eleitora, que nos assiste de casa. Nesta noite, usarei meu espaço aqui para trazer minhas propostas de governo e desenvolvimento para o Plazil. Vamos falar de reformas, dívidas históricas, ações afirmativas, políticas públicas e mais investimento em saúde e educação! Está na hora do Plazil ter um presidente negro que sabe o que faz!

MARÍLIA: Muito obrigada, Anselmo. Agora ouviremos os 45 segundos de Pietra Rossi, do PICA.

PIETRA: Primeiro gostaria de agradecer a Deus por estar aqui, e a meu marido, Luís Rossi, que me apoia em tudo que faço. Povo plazileiro, eu quero ser presidenta pra enfrentar os privilégios. Nós do PICA queremos um país com Bíblias e ruas pavimentadas! Queremos mulheres e pastores nos cargos de liderança! Não espere soluções de homens. A resposta para o Plazil é Ele, Nosso Senhor Jesus Cristo. Amém.

MARÍLIA: Obrigada, candidata. O próximo é Bráulio Bestianelli, do PAU.

BRÁULIO: O Plazil precisa mudar. Estamos cansados dessa bagunça! Os plazileiros estão humilhados, destruídos, exaustos. No nosso governo, o primeiro choque que nós daremos é o choque da moralidade. Eu quero devolver ao cidadão plazileiro a honra de ser cidadão plazileiro. Vamos melhorar o Plazil pra melhor. Pra frente, Plazil!

MARÍLIA: Esse foi o candidato Bráulio. Agora ouviremos a Professora Gaia Pereira.

GAIA: Boa noite, plazileiros que nos assistem, boa noite, companheiros candidatos. Meu nome é Gaia Pereira e eu sou professora de matemática. Esta noite pretendo apresentar meu projeto nacional de desenvolvimento do Plazil, que envolve investimento na educação, reforma agrária, ações afirmativas e abolicionismo penal. Não caia na lábia de candidatos vis, eleitore, eleitora, eleitor. Vote em quem está preparado para mudar o Plazil de verdade. Vote na professora! Vote na travesti!

MARÍLIA: Gaia, obrigada pela sua apresentação. Por fim, ouviremos os 45 segundos do candidato Romeu Sufra, do Partido Libera Geral.

ROMEU: Eleitor: eu sou capricorniano. Isso já diz tudo sobre mim! Um homem sério, trabalhador, que irá se esforçar para tirar o nosso país desse atoleiro. Não vamos nos desenvolver, vamos crescer!

MARÍLIA: O senhor já terminou?

ROMEU: Sim! Já estou economizando tempo, como economizo no Banco Sufra, a melhor poupança do Plazil.

MARÍLIA: Candidato, o senhor fez uma publi no meio do debate?

ROMEU: Claro, Marília, privatizo até o meu tempo, como faremos com o Plazil no meu governo. Tempo é dinheiro!

MARÍLIA: Certo, mas peço que de agora em diante, por favor, evitem mencionar marcas, pois a emissora não está ganhando um tostão com isso. Eleitores, este foi o fim do primeiro bloco. Agora teremos um rápido intervalo e na volta a diversão vai começar!

o debate: dá ou não dá?

(intervalo, candidatos limpam o suor da testa com paninhos, e se alongam)

MARÍLIA: Estamos de volta, Plazil. Como já é tradição no DOCU, teremos diversas etapas nas quais os candidatos participam de atividades antes de fazerem perguntas uns aos outros. E a primeira fase de hoje é a mais amada por vocês: DÁ OU NÃO DÁ?

(palmas fervorosas da plateia, caem sobre o palco serpentinas e confetes em formato de coração, e uma música romântica começa a tocar ao fundo)

MARÍLIA: Como já sabem, os candidatos têm que passar uma cantada no povo plazileiro, que vai decidir se dá ou não dá! Vamos na mesma ordem anterior. Plateia, podem caprichar nas reações: seus aplausos ou vaias decidirão quem fará a próxima pergunta!

FABINHO: Povo plazileiro, minha cantada pra vocês hoje será uma performance corporal que ando treinando na ioga. (*o candidato se alonga, respira fundo e faz uma ponte. risos e palmas esparsas da plateia*)

MARÍLIA: Candidato, acho que o público está confuso. Pode se explicar?

FABINHO (*intelectual*): Trata-se de uma metáfora.

MARÍLIA: Certo… Próximo candidato, sua vez.

ANSELMO: Plazil, estou perdido. Eu quero saber que ônibus eu pego pra ir de encontro ao seu coração! (*risos tímidos e poucas palmas na plateia*)

PIETRA: Plazileiros, vocês não são Canaã, mas são minha terra prometida. Por vocês eu passaria quarenta anos no deserto! (*mais risos que palmas*)

BRÁULIO: Quero dizer uma coisa simples na vida. Procuramos tanto uma pessoa certa, e não nos damos conta de que a pessoa errada entra nas nossas vidas pra fazer as coisas darem certo! (*plateia não engaja tanto, Bráulio pigarreia*)

GAIA: Plazileiros, meus gatinhos, me chamem de pesquisa e digam que eu sou tudo que vocês procuravam! (*poucas palmas na plateia*)

ROMEU: O meu nome já diz tudo: se quiser falar de amor, fale com o Romeu! (*palmas e risos da plateia*) Não sou grande poeta, não sou compositor… mas estou aqui pra ser o seu conquistador!

PÚBLICO (*batendo palmas fervorosas*): XAVEQUEIRO, XAVEQUEIRO, XAVEQUEIRO!

MARÍLIA: Bom, acho que é nítido quem venceu no Dá Ou Não Dá! Romeu Sufra, escolha um candidato e lhe dirija uma pergunta.

ROMEU (*envaidecido*): Obrigado, Marília. Quero perguntar ao candidato Bráulio. Segundo-Sarnento, o que tem a dizer sobre as recentes denúncias de que o senhor teria supostamente praticado canibalismo numa tribo indígena?

BRÁULIO (*incomodado*): Seu Romeu, pensei que este seria um debate de alto nível, e o senhor já começa com acusações sem lé nem cré?! Isso é uma loucura, uma mentira, uma ilusão inventada por uma jornalista de meia-tigela! Eu sou mais honesto que Jesus Cristo. Jamais praticaria esses atos de que me acusam, escolho muito bem o que como!

ROMEU: Plazil, é esse presidente que vocês querem? O pai da mentira, o rei da incompetência.

BRÁULIO: Você me respeite e respeite o telespectador!

ROMEU: O senhor é um grande Pinóquio, candidato. Mas o Pinóquio pelo menos lia, já o senhor, nem sei se sabe ler.

BRÁULIO: Cala a boca!

ROMEU: O senhor não é qualificado administrativamente, então veio para esse debate achando que ia ganhar surtando e mentindo! Cala a boca você!

BRÁULIO: O tempo é meu! Não me mande calar a boca! Desequilibrado!

MARÍLIA: Candidatos, por favor, civilidade!

BRÁULIO: A senhora fica quietinha e para de dar palpite!

MARÍLIA: Candidato, o meu trabalho é dar palpite! Agora xio. No próximo bloco, plateia, teremos o quadro mais popular do nosso verão tropical: Banheira Plazileira! Voltamos já!

o debate: banheira plazileira

(após os reclames do plim-plim, o palco que retorna tem uma grande piscina de plástico no centro, cheia de espuma)

MARÍLIA: Eu sou Marília Doroteia e estamos de volta com o debate presidencial deste ano. Para decidir quem irá perguntar na próxima rodada, chamamos o quadro Banheira Plazileira! Nesta atividade, todos os candidatos devem mergulhar na banheira e coletar três sabonetes: um verde, um amarelo e um azul. Quem colocar primeiro as três barras de sabão no seu respectivo balde é o vencedor e poderá fazer a próxima pergunta. Como vocês sabem, recomendamos o uso de trajes de banho — disponibilizamos aos candidatos sungas e biquínis verde e amarelos, para que o corpo político esteja vestido com as cores do Plazil! E como prezamos pela igualdade de gênero, tanto os trajes masculinos quanto os femininos são fio dental. O povo quer ver a bunda do futuro presidente! *(plateia bate palmas enquanto os candidatos, todos de roupa de banho, entram no palco)* Candidatos, vou contar até três, e aí podem se jogar! Preparar: um, dois, três!

(seis candidatos à Presidência da República mergulham na piscina de plástico, e se estapeiam em busca dos sabonetes premiados. ao fundo, assistentes de palco tocam tambores repetidamente. após alguns minutos molhados, Anselmo Gomes da Silva conquista a vitória e se levanta, triunfal, enquanto a plateia aplaude)

MARÍLIA: Parabéns, candidato! Pode aproveitar que estão todos na banheira e fazer a pergunta aí mesmo.

ANSELMO: Agradeço. Quero perguntar à sra. Pietra Rossi. Nós, plazileiros, somos um povo colonizado que ainda hoje sofre as consequências dessa invasão. E por isso a base da minha proposta é que possamos, como nação, fazer um pedido de reparação histórica monetária a Portumal, país que tanto sugou nossas riquezas naturais para crescimento próprio, além do histórico violento contra nossas populações negras e indígenas. Candidata, o que a senhora fará em relação a isso caso seja eleita?

PIETRA: Candidato, eu discordo veementemente da sua visão! Portumal deu ao Plazil a sua mais preciosa herança: Deus! Antes do descobrimento, vivíamos como selvagens, ignorantes acerca da história do nosso próprio Criador! Quem deve pagar algo a Portumal somos nós, pelo privilégio de aprender tanto com uma nação desenvolvida e preocupada com os valores conservadores!

ANSELMO: Ah, por favor, candidata! Não caiam nesse papinho fascista: lugar de colonizador é pagando dívida histórica! No meu governo cada plazileiro receberá a sua mesada-reparação, paga por um portumês safado que vive ainda hoje gozando do nosso sofrimento secular!

MARÍLIA: Obrigada, candidatos. No próximo bloco o jogo muda um pouco de figura: é hora da Torta Na Cara! Voltamos já!

o debate: torta na cara

(quando o debate retorna, os candidatos já estão secos e vestidos, cada um em seu púlpito. no meio do palco, há uma mesa grande cheia de pratinhos de festa infantil recheados de chantili)

MARÍLIA: Plazil, chegou o momento mais esperado do debate: Torta Na Cara! Cada candidato precisa responder uma pergunta, se errar leva tortada na cara! E quem acertar tem direito à fala. Começamos com o Sarnento Bráulio. Diga-nos: quem pintou o quadro da Mona Lisa?

BRÁULIO (*pensativo*): Pedro Álvares Cabral. Não, não, foi John Pedro I!

MARÍLIA: Infelizmente as duas respostas estão erradas, candidato. Professora Gaia, por favor, dê uma tortada no Segundo-Sarnento.

(Gaia desfila, satisfeita, com uma torta na mão, e a esfrega com vontade na cara de Bráulio)

PÚBLICO: BURRO LEVA TORTA! BURRO LEVA TORTA!

FABINHO (*indignado*): E quem disse que burro é xingamento?!

MARÍLIA: Fabinho, descanse a militância. Diga, como era o nome dos navios usados para trazer pessoas escravizadas para o Plazil?

FABINHO: Deixa eu ver... Titanic?

MARÍLIA: Errou! Anselmo, por favor, faça as honras.

(*Anselmo joga, com desleixo, a torta na cara de Fabinho*)

MARÍLIA: Pietra, qual a moeda oficial dos Estados Desunidos?

PIETRA: Fácil! Redonda.

MARÍLIA: Infelizmente não foi dessa vez. Romeu, dê a tortada na candidata.

(*Romeu coloca a torta delicadamente na cara de Pietra*)

MARÍLIA: Romeu, a próxima pergunta é pra você mesmo. Que nome se dá ao chefe de uma tribo indígena?

ROMEU: Essa eu sei: Patrick!

PÚBLICO: SABE NADA! SABE NADA! SABE NADA!

MARÍLIA: O público está certo. Fabinho, torta nele!

(*Fabinho esfrega a torta com fúria na cara de Romeu*)

MARÍLIA: Anselmo, qual o principal órgão do olfato?

ANSELMO: Humm, ouvido?

MARÍLIA: Não, candidato. Bráulio, pode jogar a torta nele.

(Bráulio se entusiasma e esfrega bem a torta na cara de Anselmo)

MARÍLIA: Por fim, tentando acertar pelo direito à próxima pergunta, Gaia Pereira. Professora, qual é o feminino de conde?

GAIA: Travesti.

MARÍLIA: Acertou! Finalmente! Pode fazer a qualquer candidato a próxima pergunta.

GAIA: Quero perguntar pro Fabinho. Candidato, temos em comum as propostas a favor da natureza e dos animais. Eu advogo pela reforma agrária e pela taxação dos latifundiários do agronegócio que destroem o nosso país. Que propostas o senhor tem sobre esse assunto?

FABINHO: Prezada candidata, nós, carroceiristas, lutamos pela retomada do desenvolvimento, redirecionando no sentido de fazer com que o desenvolvimento não faça a exacerbação dos grandes centros plazileiros, a criação de megalópoles que tornam a vida praticamente insuportável. Por isso defendo sempre as árvores, cavalos e demais outros animais.

GAIA: Plazil, o que este homem diz é incompreensível. E não só ele. Não sei se vocês repararam, mas esse debate virou um circo! Vocês querem que nosso país seja governado por palhaços? Eu não. Sou uma política séria, com anos de militância lutando pelas minorias. Vote em quem sabe o que está fazendo!

MARÍLIA: Obrigada, candidatos. (*um assistente de palco entra e lhe entrega uma mensagem num papelinho dobrado*) Nós ainda teríamos três quadros, o Bingo Do Melhor Xingo, o Soletrando A Enciclopédia e A Dança Dos Políticos, mas o diretor acabou de me falar que não temos mais orçamento pra isso, então encerraremos o debate nesse bloco. Para finalizar, cada candidato tem um minuto. Vamos seguir a ordem dos púlpitos.

ANSELMO: Queria ter tido mais tempo para discutir, mas fica o convite pra vocês conhecerem mais a fundo minhas propostas. Sou um homem negro, advogado, com experiência e conhecimento político, característica que muitos dos meus opositores não possuem. Quero que Portumal assuma os erros históricos que tanto violentaram a nossa terra, e que nos paguem uma indenização. Com esse dinheiro, irei investir na educação e na saúde. Luto também pela reforma da previdência social, e defendo que empresários paguem menos impostos. Ainda sobre as empresas, proponho ações afirmativas patrocinadas pelo Estado, para que mais pessoas não brancas sejam inseridas no mercado de trabalho. Além disso, também volto meus esforços a populações vulneráveis, como as pessoas em situação de rua. Estou preparado e tenho o melhor currículo para assumir o Plazil pelos próximos anos. Confie em mim e vamos juntos!

FABINHO: Eleitor plazileiro. Pense comigo. O que é a carroça senão um símbolo nacional? É um meio de locomoção necessário, mostra a união do homem e do animal, faz parte da nossa história e da nossa cultura. Quero regularizar o sindicato nacional de carroceiros, financiar a compra de mais carroças, criar fazendas dedicadas à saúde e ao bem-estar dos cavalos, burros e jegues! Aliás, vou usar o meu tempo para expor a próxima candidata a falar, Pietra Rossi, que está envolvida em algo muito suspeito! Ela defende que as rodovias federais sejam pavimentadas, numa clara ofensa ao movimento carroceiro, e meus assessores descobriram o porquê: seu marido, o empresário Luís Rossi, é dono de uma grande empreiteira! Essa senhora quer pavimentar o Plazil dando dinheiro público pro seu esposo!

PIETRA: Meus irmãos e irmãs, não se deixem levar pela palavra do Tinhoso proferida por infiéis! O que este senhor diz é pura calúnia. Quero, sim, pavimentar 100% do país, mas porque o Plazil precisa se modernizar, precisa avançar! Não tem nada a ver com a Empreiteira Rossi, que aliás é a melhor do ramo no nosso continente! Além disso, desejo implantar a obrigatoriedade do ensino religioso nas escolas públicas e privadas, promovendo os nossos valores cristãos em todos os canais de informação a que tivermos acesso. No meu governo, mulheres e pastores terão mais voz e mais força! Juntos, distribuiremos Bíblias gratuitas em ônibus, metrôs, trens e até carroças, coisa que eu jamais faria se fosse contra o carroceirismo, como o candidato aqui me acusa. Mulher vota em mulher, cristão vota em cristão, amém!

ROMEU: Povo plazileiro. Estamos cansados. Desmoralizados. Destruídos! A solução para a saúde mental coletiva está na natureza: nas plantas, nas ervas, nos animais. Precisamos relaxar, meus amores! Por isso, além de proteção dos recursos naturais e privatização das drogas, privatizaremos também as estatais. Nesse sentido, minha proposta para sairmos da crise é a Mandala da Prosperidade Econômica do Plazil, na qual cada plazileiro doa uma parte do seu salário para o governo, por meio da poupança Sufra, o melhor banco do país, até atingirmos o grau platinum de salvamento nacional. Juntos, escalaremos a pirâmide da iluminação! Vote Romeu Sufra, o capricorniano com ascendente em Virgem que irá consertar o Plazil!

GAIA: Gostaria de agradecer à emissora, à Marília, aos meus colegas e ao povo plazileiro por nos ouvir essa noite. Sou professora de educação pública, sou travesti, sou bissexual, sou parda. Represento as minorias caladas por tantos séculos no nosso país de privilegiados. No meu governo, irei honrar o sacrifício de quem veio antes de mim e abriu espaço para que eu pudesse estar aqui hoje. No nosso governo, investiremos muito mais na educação, com a verba da taxação mais rígida do agronegócio. Com a reforma agrária, poderemos apoiar movimentos sem-terra e a agricultura familiar, para que alimentos de qualidade, sem agrotóxicos, cheguem à sua mesa! E farei tudo isso com uma equipe diversa, composta apenas de pessoas não brancas e LGBTQIA+, as populações menos inseridas no aparato estatal. Por fim, luto por um Plazil com menos prisões e mais escolas. Confie em quem estuda! Vote na professora Gaia.

BRÁULIO: Eu só tenho uma coisa a dizer: chama a polícia, a democracia é uma delícia! Esverde e amarele, vote Bestianelli!

MARÍLIA: E assim encerramos o debate presidencial de hoje. Eleitores de todo o Plazil, agradecemos a audiência e esperamos que este debate vos ajude a escolher bem em quem votar! Boa noite!

via-crúcis

a primeira vez que ele me chamou pra visitá-lo foi logo depois do debate. eu já estava tentando marcar um encontro, mas queria a sós, sem ninguém pra nos incomodar. a agenda dele era apertada, dá pra imaginar, presidenciável no meio da campanha, uma coisa louca. mas eu tinha ao meu lado a pressão das mídias, meus seguidores são muito fiéis, me conseguem qualquer coisa, despejando milhares de cartas por aí.

até o primeiro encontro, tínhamos nos comunicado só por correspondência e telefone, primeiro nos conhecendo, alinhando nossas expectativas e opiniões políticas, depois uns sussurros, depois umas fotos privadas, depois uns subtextos sugestivos...

cheguei meio nervoso. não sabia como seria vê-lo, pessoalmente, aquele homem que habitava meus sonhos havia muito tempo. um homem forte, um homem grande, um homem prestes a se tornar a figura mais poderosa do país.

quando entrei na sala, ele estava rodeado de assessores, jornalistas, fotógrafos, a esposa. fui me aproximando, devagar, olhando fixamente nos olhos dele. depois de nos cumprimentarmos frente às câmeras, com um aperto de mão cordial, a sala se esvaziou a pedido dele: *nos deixem a sós*. e trancou a porta.

aí eu já fiquei duro.

ele chegou perto, colocou as mãos másculas nos meus ombros, apertando. pois é, Agostinho, te agradeço muito por vir hoje, sua figura pública na minha campanha é uma coisa importante pra mim, você tem um apelo com os mais jovens que eu não tenho etc. etc. claro, Sarnento, tudo por você, tudo pela sua campanha, queremos as mesmas coisas, não? sim, Agostinho, queremos as mesmas coisas

as mãos dele foram descendo, abrindo os botões da minha camisa, um por vez, devagar. eu respirava alto, ansioso, sem acreditar que aquilo estava mesmo acontecendo. lentamente, me consumindo, me colocando em brasa

fui me entregando primeiro às suas mãos, depois à sua língua, aos seus lábios. nos embolamos num emaranhado de saliva e toques, numa comunhão tão intensa, quase divina

se um dos fotógrafos entrasse naquele momento, tiraria a foto mais bela do século

eu estava politicamente interessado naquele corpo, no que aquele corpo poderia fazer comigo, no que eu poderia fazer com ele

Agostinho, tira a sua calça agora, e eu morri de tesão ao ouvi-lo autoritário daquele jeito. sim, senhor, sim, senhor, tiro tudo que o senhor quiser, tiro tudo, mais um pouco

ele se ajoelhou na minha frente e caiu de boca no meu mastruço, tão ereto que seria possível hastear a bandeira nacional ali mesmo. puta merda, que coisa gostosa, Sarnento, isso, continua, me mama todinho

babando tudo ele me mamava, uma delícia, eu já meio tonto, as pernas quase cedendo, eu preciso deitar, Sarnentinho, vem pra cima de mim

e ele, um leão faminto, rugiu alto e me jogou no chão da sala
da campanha presidencial. eu empinei a bunda, implorando pra
ser preenchido pelos seus dedos, sua boca

o Sarnento me chupou muito gostoso, eu não acreditava naquele beijo grego, meu cu na boca do futuro presidente, será que
esse gozo seria homérico, eu não sabia, eu não sabia nada, só estava completamente entregue ao momento, aos braços dele, à língua
no meio daquilo tudo, não dei conta e gritei: agora você vira
de costas que eu vou te comer.

obediente, como todo militar, o Sarnento me mostrou a bunda e ordenou: *vem*

aí foi uma metelança sem fim, pra frente e pra trás, o meu
pepino na rodela dele, depois um dedo junto, depois dois dedos,
como que cabia tudo ali, *é grande o cu do presidenciável*, foi ca-
bendo, fui enfiando, foi ficando apertado, mais apertado que a
agenda dele, uma delícia, fui me aproximando do clímax, do pa-
raíso, todos os meus pecados seriam apagados, a luz sagrada iria
me preencher, eu estava quase me elevando aos céus, puta merda,
a explosão, puta merd

ó terra abençoada, eu gemia. amém

língua

última flor do lácio, inculta e bela, és, a um tempo, esplendor e sepultura: ouro nativo, que na ganga impura a bruta mina entre os cascalhos vela... amo-te assim, desconhecida e obscura, tuba de alto clangor, lira singela, que tens o trom e o silvo da procela, e o arrolo da saudade e da ternura! amo o teu viço agreste e o teu aroma de virgens selvas e de oceano largo! amo-te, ó rude e doloroso idioma, em que da voz materna ouvi: "meu filho!", e em que camões chorou, no exílio amargo, o gênio sem ventura e o amor sem brilho!

quem escreveu essa declaração à nossa língua foi o príncipe dos poetas. assim como ele, amo a norma culta da língua, pois quem fala certo está, naturalmente, certo. por isso eu falo certo, sempre. pela cultura nacional! sou pautriota antes de tudo.

também adoro latim, principalmente na igreja, amém. todos nós devemos ir sempre à igreja, conversar com os pastores, ouvir, participar. tudo isso está na Bíblia, o livro sagrado, e portanto nós devemos obedecer. afinal a Bíblia está escrita em bom portumês e isso é o mais importante.

e você, eleitor, o que acha desse assunto? não se esqueça de comentar aqui embaixo, enviar para os seus amigos e familiares, espalhar a palavra enfim.

(Imperador e Imperatriz gritam do camarote e jogam tomates no presidente)

ô seu presidente, eu não sou eleitor, mas acho que você é um cu frouxo que um dia foi apertado e hoje só toma estocada de caralho murcho!

(risadas imperiais se intensificam enquanto o ator que faz o presidente sai do palco, limpando a roupa dos tomates e fingindo que nada aconteceu, inabalável no seu delírio diegético & dietético)

praças púbicas

esse é o meu povo plazileiro? é?
ihuuuuuuuuuu
é sim é o meu povo plazileiro!
au, au, au, au, o Bráulio é animal
no meu governo eu prometo que prometerei muitas coisas e
realizarei ainda mais
aaaah, eu tô maluco, aaaaah, eu tô maluco
vocês não perdem por esperar sim eu ocuparei a cadeira da
presidência assim como estamos agora ocupando as praças púbicas quero dizer públicas
é canja, é canja, é canja de galinha, arranja outro time pra
jogar na nossa linha
vou penetrar aquele espaço como nenhum presidente fez antes com a força de mil homens
a chuva cai, a rua inunda, o Bráulio vai comer seu bolo
com a dureza de dinastias míticas enfrentando os juízes in-
justos, enfrentando o establishment
juiz, ladrão, porrada é a solução

queria pedir uma salva de palmas para a minha esposa belíssima vocês sabiam que ela é sessenta anos mais nova que eu
passou, passou, passou um avião
pois é e eu dou conta do tranco não dou amor sigo na ativa
sem aditivos
e nele tava escrito que o Bráulio é campeão
só o seu olhar o seu corpo a sua paixão já são o que preciso
em cima embaixo e puxa e vai, ai ai ai, ai ai ai ai ai ai ai
a mulher edifica o lar e também o governo por isso me com-
prometo a lutar por elas aquelas sem as quais não vivemos nossas
mães nossas esposas nossas amantes
eeeeeeu sou plazileiro, com muito orgulho, com muito amor
viva a família plazileira viva o estado plazileiro viva a democracia viva a praça púbica
olê olê olê olá o Bráulio vem aí e o bicho vai pegar

raiva epistolar

BOMBA!

COMPRE AQUI A ÚLTIMA HORA

INJURIOSO E ULTRAJANTE:

CANDIDATO À PRESIDÊNCIA É ACUSADO DE ESCREVER CARTAS

ACUSATÓRIAS AO ATUAL PRESIDENTE

Leia aqui todos os detalhes do furo.

R$ 20,00

Abaixo transcrevemos, na íntegra, as supostas cartas escritas pelo candidato à Presidência da República, Bráulio Garrazazuis Bestianelli, com insultos dirigidos ao atual presidente:

Esse sujeito que manda e dismanda no país é um bruto sem compostura. Aquele banquete que ele usou pra lançar sua candidatura, aquilo foi uma orgia. Seus cudetes das Forças Mamadas tinham que entrar na disciplina, falta ao senhor presidente pulso e energia, punindo severamente esses ousados, prendendo os que saíram da disciplina e removendo para bem longe esses generais *anarquizadores. Se ele, com medo, não atender, use de diplomacia, que depois do meu reconhecimento ajustaremos contas. A situação não admite contemporizações, os que foram venais, que é a quase totalidade, compre-os com todos os seus bordados e galões. E também teve o problema da prorrogação da Convenção, porque ela deveria ter sido realizada antes da chegada do N***, pois como V. disse, esse moleque é capaz de tudo. Remova toda dificuldade como bem entender, não olhando despesas.*

RESPOSTA! NU! EU NÃO DEIXAVA!

COMPRE AQUI A ÚLTIMA HORA

VINGANÇA É UM PRATO QUE SE COME FRIO:

CANDIDATO À PRESIDÊNCIA REBATE ACUSAÇÕES DE AUTORIA

DE CARTAS ACUSATÓRIAS AO ATUAL PRESIDENTE

LEIA AQUI TODOS OS DETALHES DO FURO.

R$ 20,00

Na manhã desta quinta-feira, o candidato à Presidência Bráulio Garrazazuis Bestianelli viajou para Plazília com o intuito de ler sua plataforma de governo, e foi recebido com tomates e ovos podres. Quando questionado sobre a autoria das cartas acusatórias, negou, apontando erros gramaticais que jamais cometeria: "Isso é um absurdo! Todo mundo sabe que *desmanda* é com E e não com I! É uma ofensa me acusar de tal escrita vulgar! Gramática acima de tudo", disse ele.

Entretanto, quando perguntado sobre o que achava do atual presidente, já visivelmente irritado afirmou: "Gostaria de tratar o senhor presidente com elegância e respeito. Gostaria, mas não posso. Não posso porque estou falando com um irresponsável, um omisso, um desastrado, um fraco. Sempre foi um político de segunda classe, nunca teve uma atitude de coragem, pegou uma carona na história. Passou todo o tempo do seu governo apadrinhando seus amigos, familiares, muitos dos quais hoje estão sendo processados por atos de corrupção. Acabou o tempo da corrupção e do conchavo de políticos desonestos. Chegou, senhor presidente, a vez dos homens de bem. Chegou a nossa vez".

que tiro foi esse

O crime político está, enfim, implantado nos costumes plazileiros. O assassinato de hoje, sem precedentes na nossa história por isso mesmo, lançando profunda consternação no seio da sociedade, provoca a mais justa indignação. O braço que se estendeu contra a pessoa venerada do sr. Bráulio Garrazazuis Bestianelli; que assassinou o sr. Bittencourt, e que feriu quase mortalmente o candidato à Presidência, é simplesmente o instrumento inconsciente dessa agremiação política que se quer impor ao país pelo terror, pela anarquia.

Narremos Os Fatos.

Acabava de desembarcar no comício de campanha o sr. candidato à Presidência da República, ladeado pelo sr. Carlos Machado Bittencourt, seu futuro ministro da Guerra. Muitos oficiais de todas as patentes o acompanhavam. O povo abria alas à passagem do venerado candidato a chefe da nação. Os vivas estrugiram nos ares e as bandas de música fizeram ouvir o Hino Nacional em ré menor, entoado por um coral de crianças descalças. As últimas notas deste acabavam de soar, quando um clamor se elevou do grupo de que fazia parte o sr. Segundo-Sarnento Bestianelli.

O cudete Marcellino Bispo de Miranda, 3ª Companhia do 10º Batalhão de Infantaria, portando uma arma, investia contra o sr. Bráulio, atirando duas vezes. Neste momento o senhor agora ex-futuro ministro da Guerra, num rasgo de sublime heroicidade, colocou-se entre o agressor e a cobiçada vítima dos furores jacobinos, protegendo-a com o seu corpo e com a sua espada. O primeiro tiro penetrou fundo no coração do bravo e leal Bittencourt. Ainda assim, o candidato à Presidência recebeu o segundo tiro de raspão, gerando um grave ferimento no baixo-ventre.

As espadas dos oficiais saíram das bainhas e ameaçaram de morte o miserável assassino, que deveu a sua vida ao sr. Bestianelli, que, mesmo ferido, declarou que o assassino pertencia à Justiça.

Era uma hora e cinco minutos da tarde. Toda essa cena, rápida, mais rápida do que o tempo que gastamos em descrevê-la, passou-se sob uma amendoeira que defronta com o portão da Minerva.

Três minutos depois era cadáver o sr. Carlos Machado Bittencourt, que foi conduzido nos braços de diversos oficiais e paisanos para a sala das entradas, da Intendência da Guerra, de onde mais tarde foi transportado para a capela do Arsenal. O seu cadáver está coberto com a bandeira nacional, e diversos amigos e parentes velam à sua cabeceira.

Imediatamente o sr. Bestianelli foi encaminhado ao hospital mais próximo. O assassino, bastante machucado, em consequência da resistência oposta no ato da prisão, foi recolhido ao xadrez do Arsenal, onde está incomunicável.

Todos deste jornal expressam suas condolências à família do bravo ex-futuro ministro, e desejam uma boa e breve recuperação ao candidato à Presidência da República, sr. Bráulio Bestianelli.

tradição

Bestianelli aumenta intenção de voto após atentado, veja porcentagens

"Ia votar nulo, mas depois do atentado sou Bestianelli", afirma parte do eleitorado

"O atentado é uma prova de que Bestianelli precisa ser eleito, só não vê quem não quer", afirma presidente do partido de Bráulio

"Bráulio é um mártir como jamais visto antes na história do Plazil", afirma historiador aposentado há mais de trinta anos

"Bráulio é um herói instantâneo, virou mártir tão rápido quanto um Miojo fica pronto", afirma oposição

"Bráulio é um herói instantâneo, que bom!", afirmam apoiadores

"Eu sou um herói instantâneo", afirma Bráulio

"Gente, pelo amor de deus, foda-se o atentado, leiam os planos de governo", afirma professora de universidade federal

Eleições presidenciais acontecem amanhã, veja locais de votação

Eleições presidenciais acontecem amanhã, especialistas apontam Bestianelli como vencedor no primeiro turno

Eleições presidenciais acontecem amanhã, veja onde tirar o título de eleitor

convalescença

Às vésperas da eleição presidencial, o candidato Bráulio Bestianelli declara que já está 100% curado do atentado que quase lhe tirou a vida: "Quando estou com vontade de bater em alguém, é sinal de que estou melhorando. E eu já estou com vontade de bater numa porção de gente".

(Imperador se levanta no camarote, mostra a bunda pro palco e grita a plenos pulmões)

BATE EM MIM! BATE EM MIM! AAAAAAI, PAPAI!

viva a democracia

é hoje. o dia mais importante da minha vida. se Deus quiser, e Ele há de querer, eu me torno presidente do Plazil. do país que amo e sou. da terra de onde vim. então começo o dia batendo uma no banho, gostosinha, aquecendo, só um ensaio. na hora de ser vestido, pedi uma chupadinha pro lacaio, ele falou que ia mesmo sugerir essa entrada, aí eu disse então estamos conectados, agora chupa. depois tomei café da manhã. agora que já tomei meu leite e tô ótimo, vou às sete horas votar no colégio onde estudei quando criança. quero aparecer nas notícias desde cedo, foi dica do Agostinho, o moleque entende de marketing mesmo. nunca pensaria nisso sozinho, apesar de me considerar um homem tremendamente inteligente. mas não admiti em voz alta, óbvio, senão eles montam em cima de mim. a sala está cheia de fotógrafos, faço pose, beijo criança, mando um hang loose ao lado da urna. já tô enchendo o saco, ufa, acabou, grazadeus. volto pra casa e almoço, a base aliada já estava começando a chegar. até as apurações, faríamos uma orgia de preliminares apenas (penetração proibida), pois a regra era meter só se a gente ganhasse. resolvi maneirar por conta do pronunciamento, então ficaria só na cocaína e vodca, mais tranquilo.

a boca fica até seca de tanto chupar, era buceta pau cu, quando lembro de beber água já está na hora das apurações. coloco um terno, passo perfume, cheiro mais uma carreirinha e vou para a área da piscina, onde estão os aliados, à espera.

todos os olhos vidrados na tela, os ouvidos atentos às caixas de som. é agora. meu pau endurece.

e o mais novo presidente da República do Estado Plazileiro é... é ele, Bráulio Garrazazuis Bestianelli!

não há palavras, mesmo na língua portumesa, que expressem o tamanho do tesão que sinto ao ouvir o meu nome.

EU.

eu sou o próximo presidente.

imediatamente, meus assessores ligam as câmeras para o pronunciamento nas redes. digo em alto e bom som: VOCÊS VÃO TER QUE ME ENGOLIR! sem cuspir, penso. falo o que havíamos ensaiado, *pensando no Palácio do Cacete, nesta solidão que em breve se transformará em cérebro das altas decisões nacionais, lanço os olhos mais uma vez sobre o amanhã do meu país e antevejo esta alvorada com fé inquebrantável em seu grande destino,* blá-blá-blá, *o jogo foi truncado, clássico é clássico, mas conseguimos aí com a ajuda de deus trazer os três pontos pra casa,* blá-blá-blá, *sem arrogância, mas com absoluta convicção, digo: este país vai dar certo, não por minha causa, mas por causa de todos nós, não só por causa de nossos sonhos, pela nossa imensa vontade de ver o Plazil dar certo, mas porque o momento amadureceu e o Plazil tem tudo para dar certo,* blá-blá-blá, *nunca estive sozinho, sempre senti a presença de deus e a força do povo plazileiro,* blá-blá-blá, vou cumprir todo o prometido, mas só amanhã, que hoje eu quero comemorar, porra! me despeço, as câmeras são desligadas, tiro a calça.

quem será a primeira boca sortuda a mamar o pau do presidente? forma-se uma turba ansiosa, um tumulto promíscuo, a disputa final da democracia. quero atender a todos e todas, afinal vivemos numa soberania popular. tomo dois azulzinhos, sei que a noite será longa. minha esposa me dá um beijo ardente enquanto o ministro de Estado da Defesa enfia categoricamente o dedo no meu umbigo. quero meter nela, a xaninha que deus abençoou para ser minha, mas ela diz que está cansada, pra eu aproveitar com o pessoal. resolvo sugar as outras, há deputadas e estagiárias à disposição, enquanto os outros, vereadores e estrategistas de campanha, metem em mim.

como é bom ser presidente, penso. então é este o gosto do poder.

já é quase meia-noite, o dia mais importante da minha vida está acabando. resolvo comer um cuzinho antes do mastruço amolecer. como bem, limpo o prato, e enquanto jorro naquela caverna apertada, meus pulmões gritam, sozinhos:

viva,

a democracia

FIM DO PRIMEIRO ATO

RESPEITÁVEL PÚBLICO PERMANEÇAM EM SEUS LUGARES

QUE A COBRA SAIU PRA COMPRAR CIGARRO

MAS VOLTA JÁ

PARA FUMAR

herói erótico

(*enquanto os Bobos ajeitam o palco no intervalo entre os atos, o Imperador e a Imperatriz são iluminados pelas luzes*)

ó minha esposa tão amada tão deliciosa, Suprema Imperatriz, diga, meu marido bem-dotado bem gostoso, ó Supremo Imperador, como é divertido o teatro, não, sim, querido, divertidíssimo, o mais alto dos gêneros, Que Assim Seja, Meu Supremo Senhor, a catarse a mímesis a verossimilhança, ó Suprema Imperatriz, não resisto a teus encantos quando me vens cheia dos conceitos teóricos, ó Meu Imperador, Meu Supremo Senhor, sei que tua bengala se intumesce com a intelectualidade de minha língua lambilonga, Minha Divina Suprema, sabes como ninguém os caminhos para o meu libidinoso cérebro lambilento, ó Soberbo Imperador, é o teatro que me inspira, as aventuras deste herói erótico são querosene no incêndio da minha linguagem, Ó Minha Caralhuda Afrodite, (*o Imperador diz isso beijando o pau rígido da Imperatriz*) se já não fôssemos unidos em matrimônio até o resto da eternidade, te pediria para ser minha novamente, Meu Súdito

Particular, (*a Imperatriz diz isso cheirando o sovaco do Imperador*) sabes que sou grandona pra caralho e pra engolir ô vai ser foda, vamos brincar de espadinha, pois no amor e na guerra é sempre bom entrar de punho em riste, então lute comigo como na lua de mel enquanto vemos o segundo ato desta vil pornochanchada!

Bobos, vocês ouviram, o tesão da minha esposa é uma ordem!

ATO II

nasce uma estrela

(as cortinas vermelhas se abrem novamente e quem entra é um homem idoso, branco, com ares de narrador)

era pequeno, franzino e feio. mas era branco. então se achava grande, esbelto e belo. foi um bebê chato de galocha. ficou famoso na região porque mijou na cara do padre durante seu batizado. só gostava de mamar & chorar, hábitos que levou orgulhosamente para o resto da vida. chorava ao menos de dez em dez minutos e aprendeu logo cedo a arte milenar da chantagem emocional. mijava e cagava vorazmente, era um saco de bosta. cagava o que comia, comia o que cagava. toda uma aldeia de olho pra evitar que ele engolisse a própria merda. não tinha nem terminado de mastigar, já estava cagando a última colherada. parece que a comida passava direto, era um horror. seus hábitos gástricos eram diferentes dos de todos os bebês da região: enchia sacos e sacos de lixo com fraldas usadas. sua mãe queria testar nele as de pano, diz que eram melhores pro meio ambiente, mas haja água e mão pra lavar milhares e milhares de fraldas sujas. precisava ir todos os dias em busca de pacotes extragrandes de fraldas descartáveis, usava cupons, comprava em atacado. passou a se render, não, a AGRADECER a existência do capitalismo.

Bráulio demorou a falar, tinha preguiça. sua primeira palavra, aos cinco anos, foi: "mamá". sua mãe deixou cair uma lágrima, achando que ele estava inaugurando sua existência no reino da linguagem por meio do vocativo materno, mas a lágrima secou imediatamente quando ele foi, sedento, ao bico do seu seio. menino guloso do caralho, ela pensou. será que um dia ele largaria os seus peitos?

sua infância foi provinciana, cresceu vendo a vida comum dos trabalhadores que suam para conseguir o pão de todas as manhãs. acompanhado dos pais, ia à missa aos domingos, sem faltar nem em caso de doença. a mãe insistiu que Brauliozinho fosse coroinha, antes e depois da primeira comunhão, e o pai militar concordou. a vontade dela era uma ordem divina.

a escola pública, seu primeiro círculo social, era um espaço de convívio que o atraía. tinha dificuldade em estudar, mas gostava de aprender. seu pai, por exemplo, lhe ensinava muitas coisas. um dia até fez uma lista, um código de honra, e colou na agenda escolar do filho, pra ele ler todos os dias:

COISAS QUE TODO HOMEM DEVE SABER.

por Chupetão Bestianelli.

1. A honra de um homem reside na sua calça.
2. Um homem nunca deve dar ouvidos a uma mulher; a mulher sempre deve dar ao homem.
3. Todo homem tem duas cabeças, e a sabedoria masculina está em equilibrar dentro de si a voz de cada uma.

4. A essência da felicidade se baseia em ter o que comer. Um prato de comida, uma mulher.

5. Nunca se esqueça dos homens que vieram antes de ti.

Brauliozinho ficava impressionado com a inteligência do seu criador. como ele sabia todas essas coisas? não compreendia tudo que o pai dizia. isso do homem ter duas cabeças era uma coisa confusa pra chuchu, dava medo no menino, causava pesadelo à noite. imaginava um homenzarrão entrando no seu quarto de madrugada e o assustando: de uma cabeça saía fogo, da outra saíam morcegos. acordava suado e com o coração batendo freneticamente, mas não gritava nem pedia ajuda dos pais. como homem, ele devia domar o medo sozinho.

adorava espiar as meninas peladas no banheiro depois da natação. também isso seu pai lhe ensinou. *corra atrás das suas colegas. elas podem dizer que não querem a sua presença, que não gostam da sua companhia, que você é chato e ignorante, mas é tudo charme. confia no papai. quando elas dizem "não", isso quer dizer "sim". insista. vá colher o que é seu por direito.* obediente, Bráulio buscava aplicar na escola os conselhos paternos. tinha suas estratégias: empilhava cadeiras em frente à janela. pedia pros outros meninos segurarem a barricada enquanto ele escalava, o pauzinho ensaiando uma dureza infantil, o êxtase da adrenalina, o perigo. observava com apuro científico as menininhas trocarem de roupa, e tomava notas mentais que seriam retomadas mais tarde no banho.

um dia, a professora Cris o pegou no pulo. no susto, Brauliozinho caiu do monte de cadeiras e se espatifou no chão. quebrou o braço, mas não derramou uma só lágrima, ele era macho, outro aprendizado do pai, *você engole esse choro agora, ou vou te dar motivos de verdade pra você chorar.* a professora Cris não sabia se xingava ou abraçava aquele menininho machucado. a masculinidadezinha dele sangrando, uma fofura. foi com o enfermo pra sua sala e tentou ligar pra dona Bestianelli. chamou, chamou, ninguém atendeu. tia Cris resolveu levar ela mesma o menino pro hospital, pra engessar o braço.

quando enfim ele já estava medicado, a professora conseguiu falar com a mãe.

ela não tinha atendido porque seu marido, pai de Brauliozinho, tinha acabado de morrer.

o primeiro luto

foi um golpe na vida de Bráulio, perder o pai tão cedo. mal havia soprado sete velinhas em cima de um bolo caseiro de abacaxi com coco, já teve que vestir um terno preto e enterrar seu ídolo.

as crianças, as mulheres e os idosos choraram no velório. já é triste ver uma criancinha jogando terra no corpo morto do pai, mas vê-la fazer isso com o braço engessado partiu o coração de todos os presentes.

Bráulio não sabia nomear o que sentia. era uma mistura de raiva, ódio, melancolia, tristeza, dor, medo, pavor, inveja, até um pouquinho de alívio; mas sobretudo curiosidade. *o que era a morte, essa senhora que nos pegou de surpresa?* um menino de sete anos não tem vocabulário nem repertório pra conhecer todas essas palavras. mas já tem corpo para senti-las.

dona Bestianelli surtou depois de enterrar o marido: até seu leite, constantemente requisitado pelo filho, secou. ela era uma mulher tradicional, dona de casa, dessas que cuidam de tudo para facilitar a vida do homem que dorme ao seu lado. cozinhava, lavava, passava, limpava, dava, religiosamente. ele queria comer, ele comia. frango, bolo, cu. obediente, dona Bestianelli devotou sua vida e seu corpo à existência do marido. ele morto, que fazer? uma mulher adulta que não conhecia a palavra "liberdade". e tinha medo.

por fim, após vivenciar publicamente o período apropriado para o luto (ficou um ano andando de preto pra lá e pra cá, sempre com um lenço na mão, os olhos marejados de pranto), dona Bestianelli resolveu mandar o menino prum internato e, finalmente, viver a sua vida.

falando a única linguagem de afeto que conhecia, ela percebeu que a melhor forma de amar o seu filho era pagar para cuidarem dele. quando o Chupetão se foi, deixou pra trás uma mesada vitalícia que duraria até o filho completar duzentos anos, o Benefício Prostituta a partir dos dezoito anos, a Bolsa Motel e um armário de mogno — o de praxe, tratando-se de heranças militares. o dinheiro do falecido bancaria os estudos da prole, e lhe daria — a ela — tranquilidade e paz de espírito.

a última vez que Bráulio viu sua mãe foi no dia que ela o deixou no internato, de vestido vermelho e um chapéu esvoaçante. fiu-fiu, todos fizeram para a coroa que pariu o novato. ela o abraçou forte, com lágrimas nos olhos, e disse, encarando aquele garoto pequeno, franzino e feio:

dê orgulho a teu pai.

seis meses depois, o corpo da dona Bestianelli foi encontrado na beira de uma estrada, decapitado. acharam sêmen e heroína dentro dela, mas a polícia não descobriu nada, o terrível crime não tinha suspeitos ou pistas. a investigação foi arquivada, o que arquivou também as memórias que Bráulio tinha da mãe.

no internato ele permanecia sempre sozinho e triste. perder pai e mãe, um após o outro, abalou a fé daquele menino, que, até então, rezava todos os dias. quando seu pai se foi, continuou rezando pra espantar os sentimentos ruins, pois sua mãe dizia que papai do céu ajudava a curar todos os males. quando ela também se foi, Bráulio ficou puto e decidiu brigar com deus.

nunca mais vou conversar com você, vociferou em direção às nuvens, balançando o punhozinho. essa decisão acabou deixando-o mais órfão ainda: sem mãe, perdeu os dois pais que conhecia.

alecrim dourado

no internato, a única coisa que lhe dava alegria era o futebol. logo percebeu sua aptidão para agarrar bolas com devoção, rapidez e agilidade. conseguiu o posto definitivo de goleiro no Alecrim Futebol Clube, time do colégio. seu maior medo era amarelar, ser chamado de frangueiro ou ir pro chuveiro mais cedo, então dedicou-se intensamente ao exercício. viu times jogarem na retranca, bolas baterem no pau, inúmeras firulas, isoladas, viradas, tabelas, dribles, carrinhos, peixinhos, pipoqueiros, açougueiros, cera, chocolate.

em toda a sua carreira, diz que só viu uma vez a bola na rede, no fundinho do gol.

(Imperador tira um apito do cu da Imperatriz, onde estava guardado, e sopra-o com a força de mil animais)

falta! pênalti! penalidade máxima! agora vós, Minha Suprema Senhora, tereis que chupar o meu cuzinho por dois tempos consecutivos e ainda aguentar os acréscimos do juiz! pois, Meu

Caralhudo Maridinho, aceito com muito gosto e saliva esta penalidade que me impondes, ai que delícia viver no país do futebol! é bola na rede e na boca e no cu!

querido diário

nos momentos de desespero, Bráulio criou um mecanismo para lidar com suas frustrações: escrever. foi assim que começou seu diário, um hábito que o acompanharia até a vida adulta. sempre que se sentia perdido, triste, ou incompreendido, empunhava a caneta e jorrava suas emoções no papel. foi questão de tempo até que ele entrasse em drogas mais pesadas — logo passou a escrever poesia.

rebelde sem causa

os anos passaram. tudo cresceu: as pernas, os pelos, a raiva.
a puberdade bateu forte em Brauliozinho, que desenvolveu
uma adoração absoluta a seu falo, protagonista de muitos dos seus
poemas. robusto, firme, constantemente duro embora pequeni-
no, o membro recebia dezenas de punhetas diárias desde os onze
anos. o gozo que ele alcançava ao acariciar o próprio bastão era
inigualável, o melhor momento do seu dia. sentia-se plenamente
homem.

mas era só um adolescente. se rebelando contra tudo isso
que tá aí.

foi um aluno problemático no internato, começando brigas,
batendo nos outros, o fantasma do pai sempre em seus pensamen-
tos. ouvia aquela voz grossa do momento em que acordava até o
instante do descanso: *sou a alma de teu pai, por algum tempo con-
denada a vagar durante a noite, e de dia a jejuar na chama ardente, até que as culpas todas praticadas em meus dias mortais sejam
nas chamas, alfim, purificadas. Se eu pudesse revelar-te os segredos
do meu cárcere, as menores palavras dessa história te rasgariam a*

*alma; tornar-te-iam gelado o sangue juvenil; das órbitas fariam que
saltassem, como estrelas, teus olhos; o penteado, desfar-te-iam, pon-
do eriçados, hirtos os cabelos, como cerdas de iroso porco-espinho.
Mas essa descrição da eternidade para ouvidos não é de carne e
sangue. Escuta, Bráulio!*

e ele escutava. queria ser alguém que desse orgulho ao pai,
uma continuação do projeto paterno na terra. honrar o legado
desse homem que partiu tão cedo.

por isso, aos dezoito anos, quando terminou o curso básico
do internato, disse um não definitivo aos estudos e resolveu can-
didatar-se ao Exércuto, instituição que deu ao seu pai o título e
o salário de Chupetão.

cuidado: frágil

Bráulio foi um jovem tão frágil que o Exércuto inicialmente barrou sua entrada na Força. seu tio, um comerciante que havia lutado na última Grande Guerra ao lado do irmão Chupetão, falsificou a certidão de nascimento para que o menino parecesse mais jovem, o que explicaria o aspecto mirrado. com o documento forjado, o tio foi a outro posto militar e conseguiu alistar o garoto. ali começaria uma carreira de sucessos.

meu primeiro amor

ele depilava os pentelhos quando o vi pela primeira vez. Bráulio era novo nas Forças Mamadas, e os jovens cudetes ficavam todos amontoados no mesmo galpão, sem nenhuma privacidade. por isso, todo mundo se acostumou a ver as intimidades de todo mundo, era normal estar andando e dar de cara com um pau mole balangando. foi justamente num desses momentos privados que nossos olhares se cruzaram. ele, novato, ainda não estava acostumado à vida compartilhada do Exércuto. eu, que já vivia ali fazia alguns meses, nem dei muita bola, já tinha visto muitos outros cudetes tirando os pelos do períneo ou do saco com pinça ou cera quente. seu rosto ruborizou e ele prontamente vestiu a cueca, morto de vergonha. nós rimos e eu disse: relaxa, aqui é assim mesmo. obrigado, ele respondeu, meu nome é Bráulio. e o meu é João. e então nos tornamos amigos. não conversávamos muito, mas a companhia era agradável e nos fazia suportar com mais resiliência a vida dura nas Forças Mamadas. dormíamos em camas uma ao lado da outra, e noite após noite fui me acostumando ao ritmo da sua respiração, aos seus movimentos na madrugada, ao seu cheiro, à sua presença enfim. eu o via escrever no seu diário e achava bárbaro aquele hábito de documentar a vida ao redor. com a nossa proximidade, não demorou a surgirem boatos de que éramos um casal. quando Bráulio soube disso, explodiu: a última coisa que eu sou é viado, seus filhos da puta! ficou sem falar comigo uma semana. mas não aguentou a solidão implacável da vida militar e logo a nossa rotina de silêncio e afeto velado retornou ao normal.

ao nosso redor, tinha vários homossexuais. a maioria deles enrustidos, mas vez ou outra flagrávamos corpos atléticos se emaranhando nos banheiros ou nos dormitórios. eu, um jovem curioso e cheio de TAFT,* um dia tive coragem e entrei no meio de uma pegação no banheiro. nunca havia sequer pensado na possibilidade de transar com outro homem, mas a solidão do Exército não me deixou muitas alternativas. era ou chupar piroca ou morrer batendo punheta. meu pau nem subia mais com meu próprio estímulo, mesmo com a técnica da mão dormente, já tava enjoado, então comecei a me envolver com alguns outros cudetes. e quer saber? eu adorei conhecer a Grécia verdadeira. me encontrei comendo cu de homem. cheirando cu de homem. lambendo cu de homem.

(Imperador levanta a mão e berra: "I volunteer! I volunteer!", enquanto o ator no palco permanece impassível).

Bráulio logo ouviu rumores sobre a minha viadagem, e pensei que ele iria encerrar a nossa amizade. para minha surpresa, foi o contrário: passou a me procurar mais, usar mais palavras que o usual, construir frases inteiras e fazer perguntas genuínas sobre o meu dia. se eu não soubesse que ele era um hétero tão convicto,

---

* Tesão Acumulada Faz Tempo.

pensaria que estava dando em cima de mim. deve ser coisa da minha cabeça, pensei.

mas não era.

uma noite, tomando banho após uma simulação de guerra na lama do pátio, Bráulio me surpreendeu no banheiro. mesmo todo enlameado, pude sentir o seu cheiro: tinha bebido muita cachaça. alguns cudetes contrabandeavam garrafas porque álcool não era permitido ali. bêbado, ele se aproximou de mim e disse: vamos nos banhar juntos, tô tão sujo, me lava, vai. fiquei confuso com aquilo. não queria me aproveitar de um amigo em situação de ebriedade, então o ajudei a se limpar e depois o levei para o dormitório. ele o tempo todo me olhando com cara de cachorro abandonado.

colocamos o pijama e fomos dormir. ele apagou logo, tão mamado de cachaça estava. eu não preguei o olho a noite toda. aquela mirada canina mexeu com alguma coisa dentro de mim.

fudeu.

no dia seguinte, ele acordou fingindo que nada havia acontecido. ok, é assim que vai ser, então beleza. também fingi. passou uma semana, me procurou de novo, dessa vez no point aonde os cudetes iam pra fumar. eu gostava de ficar lá pra pensar, ver a fumaça dos outros, aproveitar o silêncio. ele chegou e me ofereceu um cigarro. não fumo, esqueceu? pensei que você mudaria de ideia, se fosse pra fumar comigo. olha, Bráulio, eu não sou de brincadeira não. gosto de você, então vou perguntar de uma vez, qual é a sua, cara? você me quer ou não?

ele respirou fundo, olhou pros dois lados pra conferir se estávamos sozinhos, e me lascou um beijão na boca. enfiou a língua até no meu cérebro.

eis o início do nosso relacionamento. breve, mas intenso. eu não ligava de sermos vistos juntos, já ele surtava com a mera possibilidade do flagra. então fomos vivendo, dentro do escaninho, assim como vários dos casais ao nosso redor. tínhamos muita química na cama (o cu dele era tão cheiroso, nem ligava pro pau pequeno), e havia sentimento também. ele quebrou a fortaleza do silêncio e começou a me contar casos da sua infância, como ele era quando bebê, a falta de beleza* desde sempre, o braço quebrado, a morte dos pais, o internato, a herança vitalícia, Alecrim Futebol Clube, a adolescência de rebeldia, a fraude pra sua entrada na Força. mas nada fazia seus olhos brilharem tanto quanto contar histórias do pai, o idolatrado Chupetão Bestianelli, os conselhos de vida que ele lhe dava, as conquistas da sua carreira militar, a participação gloriosa na Grande Guerra. e os meus olhos brilhavam vendo os dele brilhar.

depois de alguns meses, tivemos uma folga de um fim de semana, coisa rápida, só pra descansar. eu queria ir visitar minha família, não via minha mãe fazia mais de um ano; e Bráulio, como não tinha ninguém, ficou ali na região.

foi quando tudo mudou.

na segunda-feira, voltamos aos nossos postos. mas ele não era mais o mesmo homem. tinha uma postura diferente, como se soubesse de algo que o resto de nós nem desconfiava. ouvi por alto alguns cudetes dizendo que Bráulio tinha arrumado uma namorada na cidade. mas sempre surgiam boatos por aquelas bandas, militar é fofoqueiro por natureza, então não me preocupei.

ele me evitou até quarta-feira. ansioso, fui cobrar uma resposta. que palhaçada era aquela? nós éramos namorados, não éramos?

ele riu na minha cara.

eu, namorar um homem?! você deve estar maluco. isso que a gente fez foi só uma brincadeirinha, pra passar o tempo e gastar o tesão enquanto estamos presos nessa masmorra masculina. eu

---

* Coisa com a qual eu não concordava, apaixonado já como estava por aquele rapaz franzino e frágil.

gosto é de buceta! ah, uma xana molhadinha! tudo que preciso pra ser feliz! eu sou macho, porra!

de onde vinha toda aquela virilidade súbita?

você não reclamava quando eu lambia o seu cuzinho.

aí Bráulio Bestianelli me bateu.

caí no chão, e ele vociferou enquanto me chutava:

EU SOU HOMEM EU SOU MACHO EU GOSTO É DE XOTA DE FUDER MULHER EU ESTOU SALVO EU ESTOU SALVO A MINHA REDENÇÃO RESIDE ENTRE AS PERNAS DE UMA LOIRA RABUDA EU SOU HOMEM EU SOU MA-CHO MEU PAI EU NUNCA MAIS VOU TE DECEPCIONAR NUNCA NUNCA MAIS

e me espancava, me humilhava, cuspia em mim.

NUNCA NUNCA NUNCA NUNCA MAIS

foi a última vez que nos vimos. no dia seguinte, ele pediu transferência, e eu encerrei a carreira militar logo depois. não guardo rancor dele. tenho é pena.

coitado: um homem bissexual que não compreende a si.

(*Imperatriz se levanta e grita*)

se esse cabra é bi, nós somos penta!

esverde e amarele

é verdade, nossas vidas seguiram caminhos muito diferentes depois disso. eu me tornei contador, casei com o Jorge, tivemos uma amada filhinha, a Valentina. já Bráulio, depois do nosso último encontro, mudou de área. viu que não teria futuro nas Forças Mamadas, era preciso disciplina e dedicação, características que faltavam na sua volátil personalidade. nunca conseguiu passar da patente de Segundo-Sarnento.

então ele entrou pra política.

candidatou-se ano após ano para a vereança, permanecendo décadas no cargo. não sei se chegou a fazer algo importante, aprovar alguma lei ou algo assim, mas eu sempre votei nele. *esverde e amarele, vote Bestianelli!* esse jingle grudava na cabeça, e eu concordava com as suas propostas. no fundo, sei que ele quer um Plazil melhor. afinal de contas, esse político conservador já foi um jovem de pau rígido com uma cabeça lustrosa e um brilho no olhar.

por isso, eu acredito nele.

(Imperador e Imperatriz falam juntos)

todo dia um malandro e um otário saem de casa…

o primeiro casamento

depois de algumas décadas como vereador, saiu na mídia o casamento com uma mulher da sua idade, não muito bonita mas que se vestia bem, tinha uma postura elegante. dizem as más-línguas que ele continuava tendo homens amantes, enquanto transava com a esposa normalmente, seguindo o protocolo. ficaram assim alguns anos.

línguas piores ainda dizem que o casamento se abalou porque a mulher o flagrou na cama com dois homens (ao mesmo tempo! isso ele não fez comigo, infelizmente). parece que ela chorou muito, até ameaçou fazer um escândalo. afinal, expor uma descoberta assim pros jornais arruinaria sua carreira de político conservador.

mas Bráulio sempre foi muito sedutor. ele a acalmou, a abraçou, e disse, com muita firmeza: foi um deslize, meu amor, foi um teste etc.

o segundo luto

pouco depois, a esposa morreu num acidente de carro.

o segundo casamento

de repente viúvo, Bráulio pôs-se a procurar uma substituta para a falecida.

no fundo, queria permanecer solteiro e livre pra ter aventuras, mas sua assessoria recomendou que ele arrumasse uma menina jovem, aparentemente isso tinha mais apelo junto ao curral eleitoral, sobretudo junto ao público masculino.

Bráulio encontrou a candidata perfeita num concurso em que ele era jurado, alguma coisa assim. confesso que depois que virei pai não tenho acompanhado mais com tanto empenho as reportagens envolvendo o meu amigo de Exércuto, só escuto por alto.

casaram-se numa cerimônia com pompa & garbo, o matrimônio dos sonhos de toda menina branca de classe média. a notícia foi bastante divulgada, todo mundo ficou sabendo. agora Bráulio já é uma figura mais conhecida na política nacional, aparece em programas de auditório, participa de jogos ao vivo, dá opiniões polêmicas, concede entrevista e tudo.

ouvi até que ele está pensando em se candidatar a presidente. imagina!

FIM DO SEGUNDO ATO

SEGURA AS PONTAS RAPAZIADA
AINDA TEM MUITO LEITE PRA JORRAR
E APROVEITA QUE O DE SACO É MAIS NUTRITIVO

intervalo

(*entra um Bobo no palco, toca uma trombeta triunfal e faz um anúncio a plenos pulmões*)

o Imperador e a Imperatriz se recolheram momentaneamente aos seus aposentos para reabastecer as energias, limpar o suor, beber água e dar as últimas tragadas. voltamos em breve, aguardem os três sinais.

(*imediatamente após o anúncio, vendedores ambulantes de todos os tipos tomam conta do teatro, oferecendo os mais diversos produtos e instaurando um caos completo*)

boa noite pessoal OPA RAPAZIADA OLHA O AÇAÍ desculpem estar interrompendo a diversão de vocês OLHA O CURAU mas eu me chamo Enzo e faço parte de uma casa de recuperação para viciados em dar o cu CURAU FRESQUINHO MINHA GENTE hoje já somos mais de mil pacientes em tratamento OLHA O QUEIJO COALHO agorinha mesmo ali nos bastidores tava dando a rodela pro contrarregra

OLHA A EMPADINHA não tem jeito é vício brabo mesmo OLHA A MIÇANGA por isso queria que vocês comprassem esses dildos pra me ajudar OLHA O BIQUÍNI um custa cinquenta centavos dois custam dois paus e três é cinco OLHA O QUEROSENE aproveitem que a promoção é só hoje OLHA O BACALHAU IMPORTADO DIRETAMENTE DE PORTUMAL alô alô família eu podia tá matando robando assaltando banco à mão armada OLHA O DIPLOMA DE DOTÔ mas eu tô aqui pra conseguir o sustento da minha família entendeu OLHA O TAPETE VOADOR então trouxe aqui o meu produto que é uma balinha de menta delícia refrescante OLHA O DICIONÁRIO pra poder dar aquele beijinho na morena entendeu OLHA A CALCINHA SEXY então se puder dar uma força aí no meu produto vou ficar muito agradecido entendeu OLHA A MAC OPA PAMONHA valeu aí vou tá passando nas fileiras de vocês OLHA O PAXTEEEEEEEEEEEEEEEEEEEEL

ATO III

morfeu

(as cortinas vermelhas, que estavam fechadas, se abrem vagarosamente, para dar luz a Bráulio Bestianelli dormindo na poltrona. ele ronca alto, respira escandalosamente, como se não suportasse a ideia de estar inconsciente sem provocar comoção. a jovem repórter o observa, quieta, enquanto escreve. com um ronco maior que os anteriores, Bráulio acorda, assustado com a própria potência. o Imperador e a Imperatriz, já de volta ao camarote, racham os bicos)

meu deus, minha filha, há quanto tempo você me deixou aqui dormindo? hein? *(a jovem, visivelmente constrangida, tenta falar, mas Bráulio a interrompe)* cala a boca! não quero saber! que absurdo, o respeito se foi com o século mesmo, só pode. continua escrevendo, não para, não respira, não pensa, só escreve, só copia, me escuta, me obedece!

(ao fundo, "Saudades das selvas plazileiras N$^{\underline{o}}$ 2", de Heitor Villa-Lobos, aumenta progressivamente até obstruir a gritaria agressiva do ex-presidente)

o giro

Antes de tomar posse, Bráulio Garrazazuis Bestianelli fez um giro de três meses para conhecer o país que iria governar, comprometido a se tornar especialista nas riquezas nacionais ao redor do Plazil. ~~As más-línguas dizem que~~ Diz-se em Plazília que o presidente fez ~~esse teatrinho ridículo~~ isso como uma cortina de fumaça, para abafar ~~o chilique~~ a revolta do baixo clero militar que contestou sua vitória. Segundo Bestianelli, o motivo da ~~bagunça tão masculina~~ confusão é que os oficiais têm inveja do seu poder recém-conquistado, e declarou tratar-se de uma questão da ordem freudiana e não legal.

~~Tinha um fetiche: chupar um pau de cada um dos estados da República e fazer resenhas analisando as pirocas nacionais em seu Caderninho Rosa De Sacanagens. Chegou à conclusão de que a piroca mineira é a melhor linguiça do país — mais gostosa ainda se acompanhada de uma cachaça, seguida da amazonense com tucupi; e o bolo de rola pernambucano fechou o pódio. Quem ficou em último lugar foi a piroca gourmet de São Pau, "muita propaganda e pouca ação", como descreveu.~~

ô estagiário, cê não pode escrever essas coisas em reportagem não, porra! foda-se se é verdade, foda-se se a sua "fonte" te contou isso. não pode publicar e pronto!

intimidade

Falta-me melancolia…
Instrumento mobilizador
Das minhas poesias.
Não há tragédia
Nem terra
À vista.
Nem livros de história
Com tragédias passadas.
Nem dores no presente.
Infelizmente
Tudo anda-me, andou-me, andar-me-á bem.
Por isso
Andam capengas
As minhas poesias…
— *do livro de poesias jamais publicado de Bráulio*

(*Imperador e Imperatriz vaiam e jogam canetas no palco*)

ô diretor, assim não dá, da última vez a gente já puxou sua orelha sobre a baixíssima qualidade desses poemas aí, é inadmissível os ouvidos imperiais se prestarem a tamanha falta de lapidação estética!

ó Minha Suprema Senhora, por favor, perdoai-nos, isso é um deslize do roteirista nº 3, vou pedir que cortem sua mandioca imediatamente.

pois sim, não espero menos que isso — seu incompetente! lembre-se de que nossos padrões líricos são os mais altos do continente, Meu Cabeçudo Maridinho é um crítico de poesia famosíssimo e respeitadíssimo além-mar! já apresentou conferências nas mais variadas instituições, já mamou as mais diversas penas, já assediou as mais jovens poetas das redondezas! nada é publicado neste país sem o Selo de Qualidade Imperial, e não aceitaremos mais ouvir poemas decadentes como este no nosso palco! trate de corrigir isto agora mesmo!

sim, Senhora, irei me retirar neste instante para ajoelhar no milho e pedir perdão pelos meus pecados artísticos, se me dão licença...

chispa!

caixinha de vinganças

Muitos dizem que Bráulio Bestianelli é um homem de palavra. Deveras, foi só chegar ao poder que começou a ~~meter o louco~~ difamar quem o criticou durante a campanha. Atacou o seu antecessor, que havia ventilado a hipótese de impedir sua posse; arquitetou derrotas eleitorais de partidos adversários nos estados, entre eles um aliado de Pietra Rossi, sua rival nas eleições presidenciais; e descartou anistia para a baixa oficialidade militar que contestou sua vitória.

Na primeira semana após a posse, aproveitou para mostrar serviço e lançou uma série de proibições de cunho moralizante: proibiu corridas de cavalo aos domingos de manhã, vetou brigas de galo, performances contemporâneas, e o uso de lança-perfume, proibiu o uso de maiôs e biquínis nas praias públicas, e lançou um uniforme para funcionários públicos que, segundo ele, é mais adequado ao clima tropical plazileiro. Com cara de roupa de safári, a vestimenta ganhou o apelido de "pijamão". Quando perguntado sobre o porquê dessas atitudes, Bráulio responde, firme: "Vou promover uma reforma muito séria e profunda no país!".

vendeta

a vida da primeira-dama não é fácil, como se pode imaginar. ao contrário do glamour esperado, o que acontece é muita reunião chata e poses pra foto. sempre preciso estar pronta, perfeita, cabelos hidratados, penteado armado, unhas pintadas, maquiagem no ponto e vestindo roupas de grife.

e tudo isso é muito estressante.

então só o que quero fazer ao chegar em casa, depois de um longo dia de trabalho, é tomar uma taça de vinho, acender um baseado e comer o meu marido.

claro, sou uma mulher privilegiada — quantas outras têm o poder de escarafunchar o rosquete dos parceiros? parece que ele teve problemas de diálogo com a defunta, então resolvemos que nosso negócio seria transparente. fizemos um acordo político: eu fecharia os olhos pras suas aventuras, contanto que ele me cedesse o fiofó quando eu quisesse.

nem sempre quero. mas quando quero... o desejo é avassalador. o uso de manteiga e vaselina também.

de dia, ele manda em mim — de noite, eu mando nele.

até gosto de sustentar esse teatro. de ser a recatada esposa do homem mais poderoso do país. é divertido. ninguém espera nada de mim, oh, a ovelha pastorada pelo presidente, sua égua particular, seu gado, sua boneca inflável, sua Barbie, sessenta anos mais nova, uma delícia, inspiração para homens de bem no país inteiro baterem sua punheta sossegados.

por trás de todo grande homem, há uma grande mulher.

sim: venho por trás dele, e, com toda a força, penetro-lhe a rodela.

a república das bananas

um dia ele me pediu que lhe enfiasse uma banana.

— uma banana, meu amor?

— uma banana, meu amor.

— mas bananas são moles, elas vão brochar aí dentro, depois vamos ter que ir no hospital, igual àquela vez com a garrafa de brandy.

— ó darling, dessa vez estamos preparados: tive uma ideia.

— e qual a ideia, dear?

— enfiaremos uma banana verde: um rombudo e duro bastão.

e lá fomos nós em busca da banana ideal. Bráulio colocou todos do gabinete à procura: achar a banana perfeita era essencial para a segurança da república. para nossa sorte, vivemos num belíssimo & quentíssimo país tropical, ¡ay ay ay!, frutas soberbas e suculentas não nos faltam. então nos trouxeram pencas atrás de pencas, bananas de todas as cores e tamanhos, de vários cantos do Plazil, banana-ouro, banana-prata, todos queriam agradar o presidente, banana-caturra, banana-marmelo, ganhar uma medalha de honra ao mérito, banana-nanica, uma homenagem, ou só um <<obrigado>>, banana-da-terra.

no entanto, meu maridinho não ficou satisfeito com nenhuma banana: essa é muito murcha, essa é muito pequena, já disse que precisa ter mais de 20 cm etc.

até que me veio a ideia do século: COMPREMOS BANANEIRAS! a senhora não quer dizer plantar? isso, tanto faz, bananeiras em nosso quintal! além de aproveitá-las para comer e ser comido, a operação é 100% vegana e lixo zero, pois para que arame farpado se é possível proteger os arredores do Cacete com as habituais cascas de banana?

uau, essa pequena revolução fará maravilhas junto à opinião pública, já imagino as manchetes:

O BANANAL DO PRESIDENTE:
de tanto gostar da fruta, chefe de Estado mostra
comprometimento com nossas riquezas naturais

de cima pra baixo

boa tarde a todos.

agradeço por comparecerem a esta coletiva de imprensa sobre os cem primeiros dias do meu governo.

sim, eu vou governar de cima pra baixo para o bem do meu inculto povo. a população plazileira é por demais imatura para definir seu próprio futuro, vindo a calhar uma tutela de um poder militar e centralizador.

ainda bem que eu sou um Segundo-Sarnento do Exércuto! estou aqui pra isso.

bom, infelizmente nossa coletiva está chegando ao fim. qualquer outra questão sobre assuntos mais difíceis, podem perguntar pro meu assessor que ele vai adorar responder. abraços.

papai grande lá do cacete

"Papai grande lá do Cacete": é assim que o novo presidente quer ser chamado, confira detalhes

Após cem dias no Palácio do Cacete, Bráulio já quer ser chamado de papai: vamos deixar?

Papai eu quero mamar: veja repercussão do novo apelido do presidente

Papai grande tem o Cacete grande?, se perguntam aliados do governo

"O meu Cacete é o mais poderoso do país", afirma Bráulio Bestianelli em entrevista, diretamente do Cacete

"O Cacete nunca esteve tão bem ocupado", afirma ministro de Estado da Defesa do Plazil

Como chamar o presidente de papai se nem pai ele é?, se perguntam os eleitores

prole

excelentíssima primeira-dama, pra fechar essa nossa noite extremamente agradável, a pergunta que o Plazil todo quer fazer: afinal, quando é que teremos herdeiros da República?

(*a plateia grita, fazendo sinais de gugu dadá, mamadeira, chupeta etc.*)

bom, Márcia, você sabe como é, meu marido anda muito ocupado cuidando dessa filha dele que dá muito trabalho: a Páutria!

(*risos agradáveis*)

mas sempre digo que estes assuntos não dependem dos homens. estão nas mãos de Deus. se Ele desejar me fazer mãe, assim será.

(*palmas, amém, amém, sinais da cruz*)

e essa foi a excelentíssima primeira-dama, Plazil! uma salva de palmas pra ela! ela merece!

a mulher estéril

muito obrigada por comparecerem a este evento, cidadãos. espero que cuidem bem da minha larissinha!

(a equipe médica ri da paciente chapada de anestesia e começa a operação enquanto ela dorme)

ô Tamires, você vê se faz essa laqueadura aí direito, porque a mulher é importante. e não esquece de assinar o documento lá de sigilo, porque se alguém fora dessa sala souber, nós tamo fudido.

relaxa, chefinho, você sabe que eu sou especialista em ligar úteros famosos, minha mão nem treme mais...

(após a cirurgia, a paciente acorda e ouve mulheres ao seu redor dando à luz. ela não consegue se levantar sozinha e pede ajuda às enfermeiras)

eu quero água...

ainda não pode, benzinho, você precisa descansar primeiro, água depois.

(*a paciente tenta lutar pela água, mas dorme de novo. quando acorda, observa o espaço do hospital. bonito, limpo, chique, esterilizado. como ela. ao redor, sempre gritos de parturientes*)

moça, você pode chamar a médica que fez minha operação? por favor?

ô Tamires, a paciente quer falar com você.

oi, querida, tá tudo bem? se sentindo melhor?

(*Cândida Bestianelli, ainda meio grogue, beija os dedos de Tamires*)

rezarei todos os dias pelas suas santas mãos.

confiança

senador, seus escritórios são lindos, maravilhosos!
que estupendos candelabros, fina baixela de prata, taças de
cristais importadas direto de Portumal...
nossos negócios vivem e sempre viveram de aparência. ninguém acreditaria na gente se assinássemos contratos num cenário pobre. portanto, meu bem, o luxo aqui não é supérfluo. faz
parte do negócio, sabe?
é pra tapear os otários, sabe?
não! nossa empresa é honestíssima! nós vendemos... confiança!

(Imperador engasga com seu drinque e tira a carteira do bolso)

opa, tô precisando comprar! a confiança aí, tá quanto o quilo?

pau mole

sempre soube que minha carreira seria na política. isso já estava destinado no meu nome: Getúlio. só não pensei que entraria pela porta dos fundos. o meu tesão é PAU MOLE. amo homem brocha, homem velho. os safados também me amam: geralmente sou o único que acolho neles a impotência. e fiz disso uma carreira. paus duros são superestimados, podem machucar, ferir exageradamente. o pau mole não. ele é delicado, doce, devagar. macio. enrugado. a pele. o tato. o pau mole é sublime, pois mostra a beleza e a delicadeza desse membro que tantos enxergam apenas como máquina de penetrar. a humanidade dentro da virilidade. um gringo aí fala que corpo estranho é aquilo que penetra de forma violenta em outro meio. penetrar, pra ele, tem um ar de ameaça e de agressão.

devo muito a teóricos gringos.* comecei a carreira de michê para bancar minha graduação em ciências sociais, depois o mes-

---

* Alguns também me devem. Não pagaram meus serviços até hoje…

trado, depois o doutorado, agora o pós-doc… a ideia era largar a vida quando conseguisse alguma bolsa, mas os governos foram cortando todas as verbas, e eu fui criando gosto pelo cotidiano nas camas dos meus velhinhos. aí juntei o útil ao agradável e me tornei especialista, prático & teórico, nas relações entre masculinidade idosa e impotência sexual, o tema da minha dissertação e da minha tese. ganhei alguns prêmios de distinção e louvor por trazer uma abordagem nova e profundamente íntima do assunto, e tudo isso pela experiência própria. de pau em pau o acadêmico enche o papo.

a penetração é violenta. ela evoca tudo de mau no homem: a dominação, o poder, a intrusão, a história patriarcal pulsante em todo falo. odeio isso em todos os homens e também em mim. daí a fascinação pela moleza, que desabrocha nas minhas mãos, na minha boca. sentir a maciez das bolas no céu da boca, lentamente, sugá-las, provar no paladar o seu gosto, na língua a sua textura. esse órgão gostoso que é a pele. a pele do homem. enrugada, triste, murcha… QUE TESÃO! me interessa a fraqueza, o desmontar da performance, a fragilidade masculina… encontrar no outro o que desejo em mim.

sexo não precisa ser violento, quero toques, devagares, aproveitando as sensações. os homens brochas chegam à cama derrotados: depois de tentarem viagra, filmes pornô, as putas mais experientes do mercado… só aí é que eles vêm a mim, o michê especialista em pau mole, conhecido por toda Plazília. tentei ganhar a vida na minha cidade, Governador Versatilidades, mas não deu certo, depois me mudei pra terra do meu pai, Presidente de Brinquedo, e também não vinguei. até que me fiz a pergunta da minha vida: qual o lugar no Plazil com mais velhos brochas dispostos a gastar dinheiro com sexo? claro, como nunca pensei antes, Plazília!

meu público-alvo são os enrustidos de partidos conservadores. já atendi vereadores, deputados, até governadores, mas nunca imaginaria que o presidente em pessoa se interessaria pelos meus serviços.

não pensamos em presidentes como homens brochas: eles se criam em nosso imaginário como viris, soberbos, bem-dotados. morrendo de curiosidade, respondi ao seu pedido e fui.

sei que você faz maravilhas com as pirocas de toda Plazília, recebi fortes recomendações de todos os meus aliados no congresso, mas alguém já pagou pra chupar o seu pau?

antes de eu responder, ele caiu de boca, me deixando literalmente sem palavras.

depois de um gozo espetacular, pensei, nos preciosos segundos pós-êxtase: o nosso presidente realmente se importa com os seus cidadãos.

gases

PLAZÍLIA — O presidente está com gases. Em meio a investigações e atritos com os outros Poderes, Bráulio Bestianelli ganhou nos últimos dias um novo motivo de preocupação, causado por contrações involuntárias do intestino que dificultam a harmonia olfatória do Cacete. Bestianelli tem se queixado há mais de uma semana da situação, que, segundo ele, pode ter sido causada por remédios que ele tomou.

Bestianelli demonstrou incômodo pela primeira vez no dia 5, quando, em sua tradicional conversa com apoiadores no Palácio do Cacete, disse que o cheiro ruim era culpa dos seus assessores. Em coletiva de imprensa sobre a situação médica do governante, a assessoria afirmou que "os gases do presidente são mais uma demonstração nacionalista do seu comprometimento com a história do Plazil". Para descontrair, nosso repórter sugeriu que Bestianelli precisaria tomar um susto para acabar de vez com os gases, ao que o presidente respondeu:

— Por enquanto, não estou assustado com nada do que acontece no governo.

(*Imperador e Imperatriz soltam puns ferozes e cheiram-se*)

devíamos patentear essa fragrância. o mais puro aroma balsâmico que há, Plazil namber faive!

incêndio

Plazil mergulha em profunda crise econômica, dizem especialistas

Segundo dados de pesquisa, a inflação plazileira atinge níveis jamais atingidos

Quais investimentos devem ser feitos nesse momento?, economista responde perguntas

Ninguém apaga o fogo dele: presidente decide queimar dinheiro para reduzir a inflação

"Esse incêndio é uma palhaçada", afirma oposição

"Esse incêndio vai salvar o país", afirmam aliados

"Esse incêndio vai destruir o meio ambiente", afirmam veganos

Presidente suspende investimentos, obras e reajustes salariais, confira se o seu salário está na lista

Grande parte da população se preocupa em como vai comprar comida, confira promoções nos supermercados

Mercado paralelo vegetal: quadrilha de agricultura familiar que revendia itens de sacolão a preço popular é presa

Bestianelli eleva impostos e passa a colar selos nas mercadorias, seguindo orientação do ministro da Fazenda

Tato Sales, ministro da Fazenda, recebe apelido dos populares: "Vai se fuder, Tantos Selos"

"O Plazil jamais viu crise mais profunda", afirma professor de economia

"Sempre estivemos em crise", afirma professora de literatura

empreendedorismo I

(*entram homens, que conversam em língua gringa com a secretá-ria, nua e de óculos. ela disca para o seu chefe*)

sr. Mesquita, estão aqui quatro cretinos que representam uma empresa gringa interessada em investir no nosso empreendimento. são 10h42, tempo bom, temperatura estável, soprando ventos de muita sem-vergonhice.

(*os homens entram na sala do chefe, e um deles, o líder, começa a falar*)

[com sotaque gringo] reunimos as maiores autoridades po-líticas, filosóficas e urinárias de States para a criação de empre-sa. nosso interesse em implantar esse novo produto em país de terceiro mundo está na razão direta de necessidade de homem contemporâneo em piss... xixi, como conhecido por homem, não acompanhou o ritmo da tecnologia. homem precisa tanto de tecnologia como de penico. eu trago penico.

e o senhor conta mesmo com a adesão da classe operária a esse novo produto, Mr. Fassbinder?

Mr. Mesquita, aprenda uma coisa. o primeiro passo para conquistar proletariado é ter, em mãos, classe média. homem de hoje necessita didática, de símbolos, de signos, de slogans, understand? então nós vamos ter negócio à beça pra tratar, hein, Mister?!

(riem, bebem, observam a secretária nua. Sr. Mesquita disca um número no telefone)

opa, Bráulio? oi, meu chapa! te ligando pra avisar que a nossa empresa, quero dizer, a minha, hehe, com o seu investimento, agora está alinhada com os interesses gringos! dos Estados Desunidos, understand? hehehe, isso merece um brinde, presidente! fica esperto aí na campainha do Cacete que eu tô te enviando um presentinho. ô Vanessinha, se empacota aí pra presente e vai de táxi até o Cacete, fazendo favor!

sim, sr. Mesquita.

(riem, bebem, observam a secretária se empacotando)

são empreendimentos como esse, que trazem progresso, riqueza, que transformarão o nosso país desidratado em algo grande, vistoso... rígido e molhado.

cavalos

Quando indagado sobre a crise e a alta da inflação, Bráulio Bestianelli primeiro disse que o momento complicado do país não passava de uma "marolinha", e depois fez referência à sua grande paixão, os cavalos: "Se o índice inflacionário fosse um equino, eu já o teria domado e cavalgado". Rindo, um jornalista perguntou ao presidente o que ele achava do cheiro dos cavalos, e este respondeu: "É muito melhor que o cheiro do povo. A democracia seria boa se não fosse o sovaco", afirmou.

anatomia de uma primeira-dama

Cândida Bestianelli é uma mulher de sorte. Bráulio Bestianelli, seu marido, continua a lhe dar provas de que a paixão não arrefeceu com o tempo nem com a convulsão política que vive o país — e em cujo epicentro ele mesmo se encontra. Mas aqui não queremos falar do homem mais poderoso do Plazil, e sim da mulher que dorme ao seu lado todas as noites.

A sra. Bestianelli começou a chamar a atenção de jornais do mundo todo na posse presidencial. Com um vestido rosa que atiçou a imaginação dos cidadãos de bem, a primeira-dama confessa que só não pôde passar perfume. "Estava com meu cheiro natural", avisou, rindo. Isso porque ela e o marido foram acometidos por uma coceira intensa durante a campanha presidencial. Nenhum médico descobriu a causa, mas, encerradas as eleições, o presidente voltou ao normal. Já Cândida ficava com a pele vermelha com qualquer gota de Cocô Xanel, seu aroma preferido.

Quando perguntamos sobre o início do relacionamento do casal de pombinhos, ela é só sorrisos. "Era um contato profissional que poderia me ajudar a dar um up na carreira [de modelo].

Mas achei ele charmosão", confessa ela, que diz nunca ter se incomodado com a diferença de idade de sessenta anos. "É como se ele tivesse trinta. É mais disposto para acordar cedo e caminhar quando viajamos." Durante a entrevista, Bráulio ligou três vezes para a esposa. "Oi, Brá", atendia ela. Cândida é o braço digital do presidente. Está constantemente de olho nas redes e mantém o marido informado sobre a temperatura ambiente.

Essa linda história de amor começou quando a jovem, aos dezessete anos, se inscreveu no famoso concurso Miss-Bumbum, em busca do sonho de se tornar modelo profissional. Por alinhamento astral ou intervenção divina, um dos jurados do concurso era justamente Bestianelli, que sempre gostou de apoiar as manifestações culturais plazileiras, sobretudo o culto à bunda, orgulho nacional. Infelizmente, o seu voto não conseguiu fazer a futura esposa ganhar a faixa tão cobiçada: ela ficou em segundo lugar. Contudo, isso não estragou o momento, já que, após o concurso, os dois começaram a se encontrar, e, assim que Cândida completou dezoito anos, assumiram o relacionamento publicamente.

Ela é tão religiosa que ganhou dos populares o adorável apelido de D. Santinha. Para ela e suas orações, Bestianelli fez construir no Cacete uma pequena capela, na qual a primeira-dama pode receber suas amizades sagradas e rezar coletivamente. A sra. Bestianelli aprecia muito reuniões coletivas para sentir o prazer do Senhor.

Uma curiosidade que poucos sabem é que a ex-vice-Miss-Bumbum tem uma tatuagem com o nome de Bráulio na nuca. A bela homenagem foi feita nos seus dezoito anos, assim que começaram a namorar.

A sra. Bestianelli, que nos encantou com essa entrevista, por sinal chama a atenção de todos por sua elegância, beleza marcante e fiel companheirismo ao marido.

Bráulio Bestianelli é um homem de sorte.

(*a Imperatriz gargalha, mordaz*)

só é primeira-dama quem não tem cacife pra ser Imperatriz!

empreendedorismo II

no meio dessa crise braba, tenho a salvação.

nós vamos compor uma joint venture e fundar a Urinol do Plazil. nós vamos fabricar penico! o presidente vai pagar tudo com a bênção dos gringos! parceria público-privada, bebê. estamos construindo uma civilização plástica!

o quê? isso é de muito mau gosto...

foda-se se é de mau gosto, dá dinheiro. você sabe quantas cidades deste país não possuem rede de esgoto? você sabe que existem milhões de plazileiros cansados de sair de suas casas à noite para cagar e mijar lá fora, na fossa? Mr. Fassbinder disse: *o Plazil não é um bom consumidor de privadas, mas é um excelente mercado potencial de penicos.*

ai, que pobreza!

pobreza é você, seu merdinha! você vai viver com dinheiro de penico! bota uma coisa na sua cabeça: enquanto tiver cu por aí sem troninho, você pode ficar no bem-bom sem fazer nada! a tua vagabundagem depende da bosta de milhares de pessoas!

queremos

Carta aberta: primeira-dama, queremos Vossa Excelência!
Cara primeira-dama, saudações. Vimos por meio desta convidá-la para ser capa da próxima edição da PLAYMAN. Não é justo que o seu passado de ex-vice-Miss-Bumbum seja esquecido. Para não perder tempo, abrimos um edital urgente e recebemos propostas de fotógrafos de todo o Plazil, e selecionamos aqui as duas melhores ideias. Pode escolher a que mais gostar.

A primeira opção é "Luxuosa Portumesa". Vossa Excelência interpretaria uma diva da Zoropa que dá o ar da graça nos containers do porto para vestir casacos de peles e se despede do seu marido enquanto os corajosos homens vão penetrar novos mundos.

A outra proposta, "Miss Caipira", sugere tirar as fotos numa fazenda. "Eu colocaria nela uma daquelas roupas típicas de concursos do interior, Rainha do Milho, da Pipoca, do Amendoim, da Mandioca. Queremos valorizar a fauna, a flora e a mulher plazileira. Somos pautriotas! Ela já tem cara de menininha, e com aquela faixa o visual ficaria completo", antecipa o fotógrafo.

Quanto ao cachê, por questões contratuais devemos tratar disso em particular.

Esperamos que pense com carinho no nosso pedido, afinal trata-se de assunto essencial para a segurança pública e a manutenção da democracia no Plazil. Se o povo quer, é direito do povo ter!

Com excitação e ansiedade,

Editores da revista PLAYMAN

a musa da república

Veja todas as Fotos Caiu na Net da Primeira-Dama nua peladinha pela primeira vez, a dama do lar se descuidou e teve várias fotos picantes divulgadas para a alegria dos marmanjos de plantão. As imagens comprometedoras da primeira-dama do Plazil pelada estão bombando, a loira mais famosa do Plazil está dando o que falar com suas imagens circulando, a loiraça é dona de um corpo sensual bem avantajado. CLIQUE AQUI NÃO É VÍRUS PODE CONFIAR

fraldas

Em meio à crise, Presidência da República compra fraldas
A Governanta Geral da República lançou hoje um edital para compra de "material médico-íntimo" para a Presidência.

As aquisições compreendem "luvas para procedimentos não cirúrgicos" (2 milhões de unidades), seringas (10 milhões de unidades), lubrificantes à base de gel (3 bilhões de unidades), bombas penianas (69 milhões de unidades), preservativos sabores pão de alho, caipirinha, jabuticaba e tapioca (1 milhão de unidades), mamadeiras "avantajadas" (3 milhões de unidades) e fraldas para adultos "com abas antivazamento" e algodão apropriado para não se desfazer "quando excitado" (apenas 900 mil unidades).

Diz-se à boca miúda que a causa da compra são os gases ininterruptos do presidente, e que tamanha quantidade é crucial para a segurança da nação.

café ou leitinho?

o que prefere, senhor? cafezinho.

é simples: com uns governadores, tomo café; com outros, tomo leitada.

aceita leite? e quem não gosta de um bom café com leite?

(a Imperatriz empunha seu pau como uma metralhadora e mira na boca do Imperador)

abre os lábios, Meu Supremo Senhor, é hora de leitinho quente!

voyeur

meu maridinho tem muita tesão. muita mesmo. ele precisa gozar todos os dias. seja com outras pessoas, seja sozinho. mas não é sempre que dá pra sediar uma orgia homérica no Palácio do Cacete: esse luxo é reservado aos sábados, domingos e feriados. durante a semana, ele precisa se virar consigo mesmo ou com seus amigos, já que eu nem sempre estou a fim de trepar. não obstante, ver esse vulcão ebulindo dentro dele também me deixa molhadinha, então às vezes gosto de espioná-lo enquanto ele depena o sabiá. numa dessas vezes, vi que o pau começou a ficar duro e me escondi dentro do armário da sala sem ser vista, sorrateira, bem pervertida mesmo. ele entrou na sala, trancou a porta e ligou a TV. logo depois começaram os gemidos. segurava o controle numa das mãos, enquanto se massageava, lentamente, com a outra.

os dedos iam pra baixo e pra cima, apertando forte e fraco, forte e fraco, buscando manter uma pulsão constante de ritmo: ahhhhh… ahhhhh… dentro do armário, aquela cena começou a me excitar. *olhar pode me dar mais volúpia que fazer.* primeiro, fui colocando, bem de levinho, as mãos nas tetas. massageando meus mamilinhos, devagarzinho, beliscando, apertando. depois suguei os bicos já inchados com a boca e comecei a me lamber ali mesmo. uma das maiores tristezas da minha vida é ficar com torcicolo depois de fazer isso, mas a delícia do momento compensa inteiramente as dores de depois. *não há nada mais gostoso que lamber os próprios peitos.* meu maridinho foi aumentando o ritmo, a punheta estava bem safada, os gemidos olhando a TV com olhos compenetrados, agora o controle já estava na mesa, ele precisava das duas mãos, uma no bastão e a outra no botão, *dá muita tesão ver meu marido com tesão em outras pessoas.* aí não dei conta: pus a mão dentro da calcinha, e comecei a cutucar a ximbica. primeiro foi um cutuco leve, com os dedos de uma mão, enquanto a outra continuava apertando os seios. depois eu fui ficando muito molhada. muito molhada mesmo, puta que pariu, tive que enfiar um dedo dentro da cavernona enquanto os outros ficavam estimulando, freneticamente, o meu grelinho. eu via que ele estava próximo do clímax, completamente seduzido pela voz masculina da TV, entregue a esse outro homem, prestes a gozar, e aquilo me deixou em brasa, *cacete, eu vou explodir,* e nós dois jorramos porra no mesmo instante em que ouvimos a voz na televisão dizer, *and god bless the states.*

reforma

Bestianelli manda demolir Plazília colonial
Com a posse do presidente Bráulio Bestianelli, ficou claro que o Plazil deixará de ser ~~divertido e alegre~~ um país fétido e assolado pelas doenças, e a sua reforma começará com Plazília. No lugar de cemitério da Zoropa, apelido ~~verossímil~~ nada lisonjeiro que a capital da República ganhou, a cidade renascerá como o mais ~~cheio de frescura~~ grandioso exemplo da belle époque tropical. O arquiteto Homero Mico está trabalhando no projeto de trinta obeliscos em regiões de destaque da cidade. De fato, trata-se de um movimento ~~fálico~~ avant-garde com vários detalhes rebuscados, uma homenagem ao ~~pau do~~ Plazil. Em vez das imundas vielas coloniais e dos cortiços, onde se acumulam ~~gênios não reconhecidos pelo preconceito racista e classista estrutural~~ doenças, a prefeitura, orientada pelo governo federal, planeja ruas e avenidas largas, onde serão construídas edificações dignas da mais fina arquitetura ~~puxa-saco~~ zoropeia. No lugar de terrenos, que só servem de depósito para lixo, praças arborizadas. Para tornar realidade o sonho de uma capital da República civilizada,

a prefeitura já começa, literalmente, a ~~fuder a população~~ botar abaixo todos os obstáculos. Os imóveis no caminho planejado para a obra já foram ou serão demolidos. Aos proprietários que amanhecerem com um aviso de desapropriação pendurado na porta principal de seu imóvel, só resta ~~ficar puto pra caralho~~ sair o mais rapidamente possível de casa, pois a prefeitura dá apenas alguns dias para que a mudança seja feita. Ao todo, 1800 operários estão encarregados de demolir 640 imóveis. Pobres, os moradores dos cortiços só têm como opção se mudarem para barracos no morro da Favela, antigo morro da Providência. O presidente fez o seguinte pronunciamento sobre o assunto: "Temos ainda neste país costumes pouco civilizados e bárbaros. Precisamos transformar nossa capital numa vitrine do Plazil para o mundo! Aumentar os padrões! Fazer da capital o grande teatro do poder das elites plazileiras. Ordem e higiene. Taca álcool em tudo!".

Proibido cuspir nos bondes
Para que o país seja civilizado, o povo também precisa se civilizar. Por isso, Bestianelli decretou uma série de novas leis que prometem mudar os hábitos dos plazileiros. Por determinação do presidente, fica proibido cuspir dentro dos bondes e todas as repartições públicas terão de ter espaços específicos para o cuspe cotidiano, as escarradeiras. O presidente prometeu comprar escarradeiras de ouro diretamente de Portumal, demonstrando toda a sua ~~síndrome de vira-lata~~ elegância e requinte. Também não será mais possível ordenhar vacas leiteiras nas ruas, mendigar nas regiões centrais falando a língua de maneira incorreta e atirar polvilho no Carnaval. O Estado também promete fazer a sua parte, instalando mictórios químicos em pontos estratégicos da cidade, para que a população tenha um banheirão para ~~expelir e engolir substâncias~~ atender suas necessidades no espaço público.

desigualdade social

eu quero tirar a roupa! eu quero! eu quero!

nós somos empregados e segundo as novas leis temos que nos comportar como tais! pobre tem que ter decência, Maria!

(Imperador joga notas de dinheiro no palco, como se desse gorjetas a um stripper)

ah, pronto! serviçal com tesão! é ficção científica ou realismo fantástico?!

diagnóstico

bem-vindos ao bingo presidencial! por favor, peguem as suas cartelas ali com aquela mocinha linda, fiquem de canetas em punho, e sentem-se nos seus lugares.

cada cartela tem diagnósticos distintos para os comportamentos bizarros do presidente nos últimos meses. é cada uma que esse homem apronta, hein? uma hora é lucidez, a outra é total alienação da realidade! dizem que ele passa horas escondido nas cortinas do Cacete para observar as pessoas. acha que é invisível, esquecendo que as pontas de seus sapatos aparecem sob o cortinado. tá parecendo aquela patacoada do Joaquim em Itaguaí!

vamos retomar aqui os nossos chutes, peço que todos confiram se suas cartelas estão completas. aí vão:

senilidade precoce
esclerose
sífilis
gonorreia
esquizofrenia

ansiedade
chato nas partes íntimas
transtorno de pica
síndrome da mão alheia
transtorno da excitação constante
síndrome de Tourette
cleptomania
tudo certo? então bora! que comece o bingo presidencial!

jogo do bicho

Prezados jornais,

No alto da minha incumbência como chefe de polícia do governo do excelentíssimo sr. Segundo-Sarnento Bráulio Garrazazuis Bestianelli, todos os jornais estão proibidos, com efeito imediato, de publicarem o "burro" como sugestão de jogo para o apostador. Pode-se sugerir, portanto, que se aposte em qualquer uma das outras 24 espécies de bichos, menos no burro. A seguinte ordem se justifica pois a simples menção da palavra "burro" publicada nos jornais pode ser entendida como uma insinuação de referência injuriosa ao presidente da República, e é meu trabalho impedir que esse santo homem seja ofendido. Afinal, a tradição moral jurídica e religiosa do povo plazileiro é contrária à prática e à exploração de jogos de azar, sobretudo se eles se tornam uma ferramenta de militância contra a integridade do presidente.

Atenciosamente,

Chefe de Polícia do Governo Bestianelli

Prezado senhor chefe de polícia,

Não se preocupe conosco, pois somos um jornal que respeita os valores da República, assim como o excelentíssimo Sarnento que ocupa o seu mais alto cargo. Além do mais, o presidente jamais seria confundido com um burro. Coitado do burro!

Atenciosamente,

Editora do jornal A *Noite*

corta-jaca

Escândalo nacional:
primeira-dama desce até o chão no Cacete
~~Sem nada melhor pra fazer,~~ A jovem primeira-dama, conhecida como D. Santinha, decidiu promover saraus no Palácio
do Cacete. ~~Uma putaria sem fim~~ Festas requintadas, cheias de
convidados da alta sociedade e servindo os mais elegantes quitu-
tes, os saraus da primeira-dama ficaram famosíssimos. Contudo,
nada supera o mais recente, acontecido no último sábado. Neste
"encontrinho", para não usar palavras vulgares que ofendam o
alto grau de moralidade dos leitores deste jornal, tocou num violão o terrível funk de Chiquinha Gozada, "Corta-jaca":
Esta dança é buliçosa
Tão dengosa
Que todos querem dançar
Não há ricas baronesas
Nem marquesas
Que não saibam requebrar, requebrar
E ela se requebrou toda, rebolando até o chão, com as mãos

nos joelhos. Um absurdo! Como pode uma mulher religiosa se prestar a um espetáculo como esse? De fato, trata-se de um escândalo nacional, pois não se deve tocar música plazileira em festas oficiais, e muito menos uma primeira-dama deve tocar violão, um instrumento popular horrível. Essa ousadia foi tão transgressora que se tornou assunto na tribuna do Senado. O sr. Babosa vociferou contra o caso, dando voz ao pensamento de milhares de plazileiros:

Uma das folhas de ontem estampou em fac-símile o programa da recepção presidencial em que, diante do corpo diplomático, da mais fina sociedade do Plazil, aqueles que deviam dar ao país o exemplo das boas maneiras mais distintas e dos costumes mais reservados elevaram o "Corta-jaca" à altura de uma instituição social. Que vem a ser ele, senhor presidente? É a mais baixa, mais chula, a mais grosseira de todas as danças selvagens, irmã gêmea do batuque, do cateretê e do samba. Mas nas recepções presidenciais o "Corta-jaca" é executado com todas as honras de música zoropeia, e não se quer que a consciência deste país se revolte, que as moças se enrubesçam e que a mocidade se ria!

Nem o presidente nem a sua esposa se pronunciaram oficialmente sobre o caso.

pular carnaval

(*um garoto vestido de entregador de jornal circula pelo teatro gritando as manchetes, enquanto o Imperador e a Imperatriz invadem o palco com confetes, serpentinas e lança-perfumes. no fundo, marchinhas carnavalescas são cantadas por um coro ecumênico*)

Existem no Plazil apenas duas coisas realmente organizadas: a desordem e o Carnaval.
— Barão do Rio Branco

Morre Barão do Rio Branco às vésperas do Carnaval: a folia será pulada ou ainda iremos pular na folia?
— Indagações dos jornais

A morte do ministro Barão do Rio Branco concretiza seu famoso lema, "do Ministério para o cemitério"
— Jornal O Combate

O Carnaval não será adiado!
— Jornal A Noite

Uma preocupação muito geral é saber se haverá Carnaval. Pouco a pouco, ao menos nas camadas mais cultas da população, uma onda de indignação está se levantando contra essa ideia selvagem que nos desonraria aos olhos de estranhos. Ora, é incontestavelmente uma tendência deplorável a de quem não sabe abster-se de festas, quando deve manifestar pesar por qualquer lutuoso acontecimento.
— Jornalista e imortal da Academia Plazileira de Letras

Festa do povo, é ao povo que cabe adiar ou não o Carnaval.
— Bráulio Bestianelli

Pressionado, governo resolve adiar a folia para abril em respeito à morte do Barão do Rio Branco, confira pronunciamento
— Jornal O Dia

Vitória popular: mesmo com adiamento oficial, a população vai às ruas e pula o tradicional Carnaval de fevereiro
— Jornal A Noite

No Plazil, as revoluções não me metem medo... O que me mete medo é o Carnaval...
— Um marido

Pular Carnaval duas vezes? Nada é impossível para o plazileiro. Em fevereiro, o governo adiou oficialmente o Carnaval para abril, em respeito ao luto pelo Barão do Rio Branco. Resultado? Serpentina e confete em dobro.
— Jornal O Dia

o barão e seu funeral
nos dero dois carnaval
ai que tesão violento
se morresse esse sarnento
— O Povo

a república perde a calcinha

O presidente não conseguiu resistir às mulheres do Carnaval. Contido ao chegar ao sambódromo às 23h24, logo depois Bráulio trocava beijos e afagos com a modelo Lilian Danos no camarote das Universidades do Samba. No parapeito, Bráulio e Lilian — que vestia camiseta carnavalesca e estava sem calcinha — acabaram protagonizando um espetáculo à parte no desfile.

Procurado para se pronunciar, o presidente nada declarou. Já a assessoria da sua esposa, Cândida Bestianelli, enviou a seguinte nota, aqui reproduzida: "Há situações na vida em que somos postos à prova. Quando nos atacam pessoalmente, nos insultam, a força que existe em nosso âmago nos obriga a reagir. Mas, neste momento em que a fofoca política atinge o patamar mais vil, quando atacam a minha honra, a minha família e, principalmente, o meu casamento, tenho certeza de que o cenário político está moralmente deteriorado".

edital

o cargo mais almejado na grande máquina do Estado é o das Prostitutas Oficiais. funcionárias públicas, essas guerreiras enfrentam concurso com primeira e segunda fase para chegarem à prestigiosa posição. a primeira é análise de currículo, portfólio e carta de recomendação. a segunda é a prova prática: a candidata deve fazer a banca gozar em dez minutos ou menos, visando à janela entre reuniões e à grande tradição da Chupada Protocolar. a maior briga entre os deputados envolvia decidir quem formaria a banca de avaliação. no fim, decidiu-se fazer um rodízio, partidos de esquerda, direita e centro se revezariam de ano em ano para selecionar as novas funcionárias públicas do Cacete. a categoria é tão forte que fundou o Sindicato Das Prostitutas Oficiais Do Governo, responsável por garantir que suas agendas sejam preenchidas apenas pelas sessões oficiais com os políticos. cada um tem direito a uma sessão semanal coberta por dinheiro público, mais que isso é por fora e deve ser pago em moeda gringa. de tempos em tempos, para renovação do contrato, são exigidas cartas avaliativas sobre o desempenho das funcionárias, no mínimo três, no máximo cinco. as cartas, de próprio punho (para evitar falsificações), devem ser ao menos de três deputados. caso haja a carta de um senador, ganha mais pontos, de governador é garantia que passava. ninguém ainda levou do próprio presidente. e esse é o desafio pessoal de Shirlene.

conseguir a carta dourada das mãos do dono da República.

(*Imperatriz joga sua calcinha no palco*)

vem me lamber, Shirlene! eu também sei fazer cartinha!

meu primeiro motel foi a rua

o segundo foi a escola. o terceiro a universidade. aí, aliás, foi onde conquistei meu diploma de puta. não assistindo aulas ou palestras, não escrevendo ensaios ou artigos, mas chupando picas e bucetas nos banheiros do quarto andar, comendo cus no diretório acadêmico, dando na sala dos professores, dedando debaixo da mesa na cantina, batendo punheta e siririca entre as plantas da pracinha, fazendo tesourinha no canteiro de construção de novos prédios financiados pelo governo federal, enfim trepando nos bosques e nos matos do campus.

me formei, portanto, em duas áreas: engenharia aeroespacial & putaria. obrigada, Ministério da Educação.

isso mesmo, meu bem, essa vagaba aqui é Puta Oficial. concursada e tudo. trabalho com esse corpinho para o Estado Plazileiro, com carteira assinada, plano de saúde, equipamento de segurança do trabalho (exames e tratamento contra ISTs, aborto facultativo para as cis, acompanhamento psicológico e psiquiátrico), plano odontológico, bolsa lingerie, bolsa perfume importado (se for contrabandeado tem que pagar do próprio bolso), bolsa manicure. quando você vai pra uma área especializada de fetiches específicos, ainda pode ganhar uma bolsa adicional a depender da especialização, como cirurgia plástica (no nariz no pé no umbigo na teta na xereca até no cu), obrigatoriedade de nutricionista ou personal trainer, entre outros. eu sou uma especializada em fazer a Puta Intelectual, portanto ganho bolsa livros, ecobags etc.

desde cedo gostei de trepar. na época da escola, almoçava rápido pra depois ficar em algum canto das ruas me emaranhando com os meninos. a gente se beijava forte, gostoso, aquele tesão primeiro da adolescência, quando os hormônios estão começando a te fazer de refém. eu adorava beijar, beijar, beijar de língua até sentir o pau deles endurecendo dentro da calça do uniforme. o meu tesão era ver que a minha língua provocava tesão. e aí eu endoidava, ficava com a chavasca encharcada roçando o volume daqueles paus adolescentes. eles adoravam também. tentavam enfiar a mão na minha bunda, pra ver se alcançavam a buceta, queriam conferir se tava molhada mesmo ou se eu era só uma excelente atriz. às vezes eu deixava, às vezes não, dependia muito do calendário menstrual e da paciência. alguns também chupavam os meus peitos. pra eu deixar, a gente tinha que ir pra um beco ou uma esquina, de preferência atrás de um carro (no chão mesmo) ou entre algumas plantas, árvores. lembro com especial carinho do Rodolfo, que gostava de me dedar na rua atrás da escola. o pau dele era macio, quente, eu adorava sentir aquela montanhazinha por cima da calça, só provocando mesmo. um dia eu acho que ele gozou, encostei na cueca e tava molhada. achei aquilo uma obra de arte.

até aí eu não tinha dado nem nada. provocação adolescente pura & simples. mas o ensino médio pode ser uma estrada de provações e tentações das mais diversas. e eu, como sempre amei o ambiente acadêmico (estudar me dá tanta tesão!), comecei a levar minhas aventuras pras quatro paredes escolares. combinava com os carinhas da gente pedir pra ir no banheiro na mesma hora, sempre no meio da aula, que era quando as pessoas estavam em sala e os corredores ficavam vazios. ou a gente trepava no banheiro ou no espaço entre dois corredores, uma greta que ficava escondida, perfeita pra essas escapadas. só que um dia o menino que eu combinei me deu bolo, me deixou esperando no banheiro morta de tesão. cansei de esperar e resolvi bater uma ali mesmo, pra relaxar antes de voltar pra aula. foi no momento que eu quase alcancei o gozo que a Mariana entrou. aquela aparição, que deveria me assustar, me deixou com mais tesão ainda. e eu terminei de bater olhando no olho dela, até gozar.

ela me agarrou e me jogou dentro da cabine. ficamos nos beijando em cima da privada, uma com a mão na calça da outra, chupando os peitos, uma putaria de respeito. fiquei tão molhada que parecia que tinha mijado na calcinha. ela me lambeu toda, me dedou, chupou até o meu cu, tão virgem até aquele momento.

fudeu, pensei, sou sapatão. isso aqui é gostoso demais, puta que pariu, muito melhor que esses meninos que não sabem nada de nada, não sabem o que é clitóris, acham que só ir rápido é garantia de gozo.

então, depois da Mariana eu fiquei um tempo só trepando com mulher, acho que foi a época mais feliz da minha vida.

aí entrei na universidade, queria ser engenheira aeroespacial. só que, entre aulas e projetos de pesquisa, acabei descobrindo minha verdadeira vocação: a putaria. depois de refletir muito sobre a minha vida afetiva e sexual, cheguei à conclusão de que eu era bissexual. saí do armário na graduação. e homens e mulheres gostosos ao meu redor viram isso como um convite.

eu aproveitei. dei e comi todo mundo que me interessava, até ouvir de alguns que eu era tão boa que devia cobrar. levei na brincadeira, mas quando a grana apertou, lembrei desse conselho e resolvi dar uma chance.

no começo, só alunos e colegas me procuravam, eu ainda não tinha confiança o suficiente pra cobrar muito, era só um test drive. aí a notícia começou a se espalhar, e professores e professoras começaram a vir ao meu encontro. eu adorava, porque eles pagavam duplamente: dinheiro e bagagem intelectual. o currículo e o tesão só aumentando. a gente trepava e depois trocava livros, referências, ideias. depois de um tempo comecei a atender diretores, pessoas de escalões cada vez mais altos, sempre por recomendação do boca a boca. me formei, entrei no mestrado e fiquei pensando o que fazer no meu futuro.

foi aí que eu recebi o edital de contratação da Puta Oficial. até esse momento, não sabia que esse cargo existia, pois apesar de estar no portal transparência, ninguém liga praquela merda, então pouquíssimas pessoas sabem que isso é real. li, afinal como boa acadêmica sou rata de um edital, achei parecidíssimo com o concurso de professor universitário e me inscrevi.

para a inscrição, eram necessários os seguintes documentos:

a) carteira de identidade e CPF;

b) certidão de nascimento ou de casamento;

c) exame de ISTs comprovando que não há doença sexualmente transmissível no corpo a ser testado;

d) tamanhos dos vestuários (roupa, lingerie, calçados);

e) lista de próprio punho enumerando quantos e quais itens de sex shop a candidata ou candidato possui;

f) currículo completo enumerando as qualidades e habilidades na cama, assim como seus atributos especiais (seguir o modelo do currículo lattes);

g) escolha de qual perfil a candidata ou candidato melhor se encaixa, entre os disponíveis abaixo:

1. Puta Bagaceira (10 vagas)

2. Puta Ativa (19 vagas)

3. Puta Passivinha (3 vagas)

4. Puta Dominatrix (12 vagas)
5. Puta Mamãe (7 vagas)
6. Puta De Lesbos (6 vagas)
7. Puta Étnica* (9 vagas)
8. Puta Gringa** (5 vagas)
9. Puta Velha (4 vagas)
10. Puta Intelectual (1 vaga)
11. Puto Mecânico (10 vagas)
12. Puto Marido De Aluguel (5 vagas)
13. Puto Salva-Vidas (7 vagas)
14. Puto Performer (2 vagas)

*ordem de preferência: indígena, negra, amarela, parda.

**se não gemer em portumês é um bônus, se for muda é garantia que passa.

após análise do currículo, tinha a prova prática. não preciso nem dizer que gabaritei o teste, né, porque eu arranquei leite daqueles velhos escrotos em menos de quatro minutos. passei em primeiro lugar, com distinção & louvor, e uma salva de porras dos deputados.

desde então minha vida tem sido um sonho. intercalo mamadas com meus estudos e ganho uma fortuna, além de ter tudo que eu quero coberto pelo governo. politicamente, não concordo com nenhum dos homens que me convocam, mas, como tenho que cumprir o papel da Puta Intelectual, sempre ofereço opiniões políticas bem embasadas, citando filósofos e escritores.

participo ativamente do Sindicato e me dou muito bem com minhas colegas de profissão. todas nós somos benquistas pelos políticos, sobretudo deputados e senadores. há uns meses comecei a atender governadores, e hoje enfim fui solicitada por ele: o presidente.

meu deus, é agora.

coloquei meus livros todos na ecobag *Parques abertos 24h*, passei perfume importado, escolhi a dedo a lingerie mais inteligente da gaveta, e fui.

o presidente me recebe nos seus aposentos. bom dia, senhor.

bom dia, Shirlene.

o que posso fazer pelo senhor hoje?

olha só, me falaram que você é a Puta Intelectual, é isso mesmo?

é, sim, senhor.

é que eu tô precisando de alguém pra escrever um discurso pra mim e os bostas dos meus assessores só tão me mostrando merda. cê é boa nesses trem de redação?

sou, sim, senhor.

então tira a roupa e escreve um discurso foda aí pra mim.

confesso que esperava uma putaria republicana à altura do Palácio do Cacete, e em vez de viver a narrativa tantas vezes confabulada no meu íntimo, fiquei escrevendo discursinho de lingerie enquanto ele jogava paciência.

brochante.

fiz um primeiro rascunho, ele pediu pra eu ler em voz alta. li, e vi surgir um volume na sua calça. finalmente, caralho.

parabéns, Shirlene, esse é o discurso mais inteligente que eu ouvi hoje.

obrigada, senhor. posso ajudar em mais alguma coisa? falei olhando pro pau.

pode, sim. fica de quatro pra mim que o presidente vai te comer.

finalmente! era aquele o momento! Shirlene, a Puta Oficial, dando pro presidente da República! um sonho se tornando realidade. foram os melhores dois minutos da minha vida.

após firmes bombadas na minha perseguida e sedentas mordidas nos meus peitos, Bráulio Bestianelli enxugou o suor do rosto e disse, os olhos cheios de generosidade: você me ajudou muito hoje. e eu? posso *te* ajudar em alguma coisa?

é *agora, vadia.*

na verdade pode, sim, senhor. se não for incômodo, poderia escrever uma carta de recomendação pra mim?

soneca

Dorminhoco e preguiçoso: confira perfil de Mário Alves, o governador de São Pau, conhecido por dormir em horário de serviço

URGENTE: a assessoria de Mário Alves afirma que é falso o vídeo que circula nas redes, no qual ele supostamente estaria praticando uma orgia com cinco mulheres

Mário dormiu atrás do armário? Internautas comentam a "pouca empolgação" de governador em suposto vídeo de orgia

"Dorme na hora H, sim", afirma Puta Oficial, funcionária do Cacete e especializada em governadores, em entrevista exclusiva a'A Última Hora

Junto à esposa, ~~que assiste a tudo bestializada,~~ Mário Alves chama de "produção grotesca" vídeo de sexo atribuído a ele

Mole demais: Mário Alves recebe críticas dos eleitores sobre seu desempenho político e sexual, após viralização de suposto vídeo íntimo

O apelido pegou, não adianta dormir no ponto: governador de São Pau começa a ser chamado de Soneca Soca Fofo

urucubaca

O presidente está passando por uma maré de azar. Na última semana, o jornal O Combate publicou denúncias de um suposto esquema de caixa dois que comprovaria a corrupção no governo. Segundo o periódico, verba estaria sendo desviada da educação e da saúde para os bolsos pessoais da família Bestianelli, com envolvimento da primeira-dama. O Cacete se pronunciou logo e afirmou tratar-se de "intrigas inverídicas da oposição".

Porém, tendo em vista as polêmicas desse anúncio e a queda da credibilidade dos funcionários do Palácio, ontem vários assessores da equipe presidencial pediram demissão coletivamente. Em nota oficial, afirmaram que a saída coletiva se atribui "à violenta canícula do verão plazileiro, que prejudica o exercício racional das atividades políticas". Diz-se que o presidente, diante disso, exclamou: "Ora essa! Pois eles se vão? E deixam-me sozinho a suar com estas pastas?!". Tentamos entrar em contato para fazer mais perguntas, mas os ex-assessores estão num resort litorâneo e até segunda ordem não pretendem se pronunciar.

escorpião

dois jornalistas famosos escreveram sobre o presidente:

Assim como os escorpiões moram na umidade dos porões aban-donados, a vermina dos prejuízos do sr. Bestianelli se aninha no misticismo tenebroso da sua alma, que deles fez uma divindade negra, em cujo obséquio celebra as missas do terror. O ódio é nele, como no sertanejo, uma força inextinguível, que o acompanha com a fatalidade de uma tara. É um homem estupefato que vê o país derretendo ao seu redor.

ao que o presidente respondeu, num pronunciamento oficial:

Vim para o governo da República com o propósito inabalável de servir à nação e de assegurar-lhe a paz e promover-lhe o progres-so, dentro da ordem e da lei; mas os políticos ambiciosos e os maus cidadãos não me têm deixado tempo para trabalhar, obrigando-me a consumi-lo quase todo em fazer política.

mais tarde, porém, inflado de raiva, escreveu no seu diário:

Preciso reagir. Ser presidente é isto: mandar e pronto. De ago-ra em diante, questão social é caso de polícia. Se eu não começar a bater, o povo vai me tirar. Isso não pode acontecer. Vão discutindo que eu vou mandando prender.

(Imperador e Imperatriz chamam a atenção do presidente)

vamo, Bráulio, levanta a cabeça senão a coroa cai! tua atitude em relação à vida tem que ser a de uma dominatrix, com um grelo do tamanho de um mamão papaia já todo desbeiçado e com a borda ressecada dos grandes lábios por conta de uma vida sexual ativa e desvairada! reage, meu filho! presidente é foda, frouxo demais...

ameaça

AS INSTRUÇÕES DA KOMIKU PARA A AÇÃO DOS SEUS
AGENTES CONTRA O PLAZIL

O tenebroso plano foi apreendido pelo Estado-Maior do Exércuto

O Estado-Maior do Exércuto apreendeu os planos de ação da Komiku, famosa organização comecuísta internacional, para orientação dos seus agentes no Plazil. O objetivo dessa ideologia é comer os cus de toda a população, igualmente e sem distinções de raça, gênero ou classe.

Trata-se de uma série de instruções destinadas a preparar e levar a efeito um golpe comecuísta conforme se verá do resumo que a seguir divulgamos:

Vejamos.

O fracasso da Intentona

No "capítulo segundo" das novas "Instruções e programa de ação do Partido Comecuísta para o Plazil", depois de uma explicação sobre os motivos determinantes do fracasso da última Intentona e da afirmação de que os erros dessa época, "em hipótese alguma", deverão ser repetidos, alude ao desenvolvimento do plano de agitação das massas, necessário ao golpe de mão sobre os quartéis. As massas deverão ser "agitadas tecnicamente", buscando atrair o povo com iscas clássicas: viagra com chips secretos implantados, alimentos vencidos e dildos usados.

Incêndios nas casas de família
Cogitam os comecuístas de um "Comitê dos Incêndios", para atacar simultaneamente casas de família, incendiando-as a fim de obrigar o Corpo de Bobeiros a agir em vários pontos, tornando-se inútil como força militarizada para a defesa da ordem. "Em cada rua principal do bairro deverá ser ateado fogo a um prédio, no mínimo", concluem as "Instruções". Há uma observação de cunho linguístico no fim da página, explicitando que "fogo no rabo" não basta para esse tipo de incêndio, é preciso também querosene.

Empastelamento de jornais — Saques — Violação de mulheres
A ação das massas civis visa manifestações populares violentas, condução das massas para as redações dos jornais antipáticos e consequentes empastelamentos. As lanchonetes de pastéis estão ilesas e o alvo da vez é a imprensa.

Nos bairros as "massas deverão ser conduzidas aos saques e às depredações, nada poupando para aumentar cada vez mais a sua excitação, que deve ser mesmo conduzida a um sentido nitidamente sexual a fim de facilitar a sedução delas; convencidos de que todo aquele luxo que os rodeia — prédios elegantes, carros de luxo, mulheres etc. — constitui um insulto à sua sordidez e falta de conforto e que chegou a hora de tudo aquilo lhe pertencer sem que haja o fantasma do Estado para tomar conta". É isso mesmo que você leu: a Komiku está ameaçando as pregas da família tradicional. É preciso salvar o cu da nação!
TUDO ISSO SÓ CONTRA PLAZILEIROS!

solução

à noite, após ler todos os jornais do dia, em polvorosa pela divulgação do Plano Comecuísta, Bráulio Bestianelli sentou-se e escreveu em seu diário: *Não é mais possível recuar. Estamos em franca articulação para um golpe de Estado. Outros graves perigos, além do comecuísmo, conspiram contra o Plazil. Um presidente que se preze protege o cu do seu povo até o fim.*

a república

Dona República, a excelsa dama,
seus lábios rubros jorram saúde,
a mocidade seu peito inflama,
seus negros olhos têm a virtude
de querer nos levar para a cama.
Ao porte austero de mulher-feita,
junta a candura de um querubim:
quando ela passa, leve e direita,
que olhares ternos o povo deita
à jovem ninfa do botequim!
Não há decerto no mundo inteiro
moça que tenha modos iguais:
ouve as palavras de um lisonjeiro,
rindo com chispas no olhar brejeiro
às frases quentes e aos madrigais.
Festas o povo dá-lhe em fartura,
belo destino, glitter ao vento.
Em breve a aguarda, se porventura

sentir o peso da ditadura,
a dura pica do Sarnento!

(*Imperador e Imperatriz batem palmas*)

agora, sim, diretor, é isso que eu chamo de gênero lírico! os trovadores de todos os tempos & épocas tremem agora em seus túmulos intimidados por tamanha elegância e genialidade! obrigado, Meu Supremo Senhor, demorou algumas reescritas, mas acho que estamos no caminho certo. a poesia se faz como se faz um filho: com muita tesão e nenhuma responsabilidade. isso mesmo, lacaio! continue assim!

pela liberdade

No último domingo, saíram às ruas quinhentos mil plazileiros, num movimento que se intitulou Marcha Implacável Coletiva Obediente (MICO). Com expressivo protagonismo dos idosos, a multidão empunhava cartazes e faixas pedindo que as Forças Mamadas, e sobretudo o presidente Bráulio Bestianelli, salvassem o Plazil dos seus piores pesadelos anais. Tinha de tudo: dança sincronizada com passos descolados, rostos pintados de verde e amarelo, pinhatas em formato fálico, pôsteres com os dizeres *nosso cu jamais será comido*, bandas cover remixando o Hino Nacional, entre outras performances politizadas. Assustados com o Plano Comecuísta recentemente vazado e as ameaças à segurança anal, o povo dizia em alto e bom som: queremos golpe!

proclamação ao povo plazileiro

boa noite, plazileiros e plazileiras. quem lhes fala é seu presidente, o Sarnento Bráulio Garrazazuis Bestianelli. dirijo a palavra a todos vocês para lhes informar algumas mudanças tomadas na estrutura de poder do nosso amado Plazil. como sabem, estamos sofrendo uma ameaça comecuísta fortíssima, que pode destruir a família, as pregas anais e a República no país. os caras querem a nossa hemorroida. a nossa liberdade.

para reajustar o organismo político às necessidades econômicas do país e garantir as medidas apontadas, não se oferecia alternativa além da que foi tomada, instaurando-se um regime forte, de paz, de justiça e de trabalho. quando os meios de governo não correspondem mais às condições de existência de um povo, não há outra solução senão mudá-los, estabelecendo outros moldes de ação.

logo, de hoje em diante, quando me virem quero todos esticando o braço e me saudando: PLAU. pois somos plazileiros acima de tudo.

quando as competições políticas ameaçam degenerar em

guerra civil, é sinal de que o regime constitucional perdeu seu valor prático, subsistindo apenas como abstração. a tanto havia chegado o país. a complicada máquina de que dispunha para governar-se não funcionava. não existiam órgãos apropriados através dos quais pudesse exprimir os pronunciamentos da sua inteligência e os decretos da sua vontade.

restauremos a nação na sua autoridade e liberdade de ação: na sua autoridade, dando-lhe os instrumentos de poder real e efetivo com que possa sobrepor-se às influências desagregadoras, internas ou externas; na sua liberdade de ação, abrindo o plenário do julgamento nacional sobre os meios e os fins do governo e deixando-a construir livremente a sua história e o seu destino.

defenderei com honra e lealdade a Constituição do Plazil e os cus de todos os plazileiros. caminharemos para a frente com a segurança de que o remédio para os malefícios da extrema esquerda não será o surgimento de uma direita reacionária. meu procedimento será o de um chefe de Estado sem tergiversações no processo para a eleição do plazileiro a quem entregarei o cargo quando o meu mandato se encerrar.

eu confesso que é com verdadeira violência aos meus princípios e ideias que adoto uma medida como essa. mas adoto porque estou convencido de que é do interesse do país, é do interesse nacional, que ponhamos um "basta" à contrarrevolução comecuísta.

marchamos para um futuro diverso de quanto conhecíamos em matéria de organização econômica social ou política. e sentimos que os velhos sistemas e fórmulas antiquadas estão em declínio. não é, porém, como pretendem os pessimistas e os conservadores empedernidos, o fim da civilização, mas o início, tumultuoso e fecundo, de uma nova era. os povos vigorosos, aptos à vida, necessitam seguir o rumo de suas aspirações, em vez de se deterem na contemplação do que se desmorona e tomba em ruína.

muito obrigado e que deus abençoe o cu desta nação.

amor

♪ *eu te amo, meu plazil, eu te amo* ♪
♪ *meu cu é verde, amarelo, branco, azul anil* ♪
♪ *eu te amo, meu plazil, eu te amo* ♪
♪ *ninguém segura o cu verde do plazil* ♪
♪ *praias do plazil suadas & saradas* ♪
♪ *a lama onde o país se elevou* ♪
♪ *a mão de bráulio abençoou* ♪
♪ *em terras plazileiras vou cantar amor* ♪
♪ *eu te amo, meu plazil, eu te amo* ♪
— música oficial do governo

♪ *neste século de progresso* ♪
♪ *nesta terra interesseira* ♪
♪ *tem feito grande sucesso* ♪
♪ *o hasteamento da bandeira* ♪
♪ *pois trata-se do processo* ♪
♪ *da punheta à plazileira* ♪
— música oficial d'O Povo

apoio e solidariedade

Excelentíssimo senhor chefe do governo,

O Clube 5 Outubro aqui está com o fim de trazer o apoio e a solidariedade ao seu governo. Estamos certos da ação ditatorial de Vossa Excelência, pautada dentro dos princípios revolucionários, e que Vossa Excelência cada vez mais se revela o ditador de que necessitamos para salvar o nosso país e os nossos cus. Apoiaremos, de modo absoluto, o governo de Vossa Excelência como ditador.

Atenciosamente,

Clube 5 Outubro, militares d'As Forças Mamadas

Caros,

Recebo a demonstração de solidariedade que me trazeis. Sois a vibrante mocidade civil e militar que não quer ver a revolução se afundar no atoleiro das transigências, dos acordos, das acomodações entre os falsos pregoeiros da democracia. Sob a aparência do apelo à Constituinte e da defesa duma autonomia que sempre violaram, muitos procuram apenas voltar ao antigo mandonismo e pleiteiam a posse dos cargos para a montagem da máquina eleitoral.

Sem mais,

Segundo-Sarnento Bestianelli

fuck fraude

isso… vai… bem gostoso… isso… devagarzinho, sem pressa… não se preocupe, temos tempo… temos todo o tempo do mundo… horas… dias… anos… dinastias… monarquias, repúblicas… o país está aos nossos pés… isso… bem delícia… vai lendo devagarinho… uma palavra por vez… sinta as letras na tua boquinha… roçando a língua de camões… *como assim, você não sabe quem é camões*… puta merda, na próxima vou ter que pedir a Puta Intelectual… assim não dá… quase que mata meu tesão… mas você é muito gostosinha e lê bem demais… então a gente prossegue… isso… nossa, que coisa mais gostosa, hein… tá sentindo o meu pau explodindo na tua mão… caralho… eu vou dar um beijo na boca de quem achou isso… uma delícia… porra, que tesão… continua… lê logo a porra dessa constituição… isso… esse trecho me dá argumentos pro meu esquema… isso, meu esqueminha… nossa… como eu sou poderoso… não te dá tesão ler pra um cara tão poderoso como eu, não, hein… filha da puta… eu sou seu dono… eu sou dono dessa porra de país… tudo que eu quiser se torna verdade… é só combinar direitinho

com o ministério público e o meu desembargador particular...
eu que mando nessa caceta... eles fingem que não sabem meu
nome, que não me conhecem... melhor assim, até... nas som-
bras o meu sucesso brilha mais... puta que pariu, isso, lê bem
gostoso... como é bom achar as brechas do poder... como é bom
dar um golpe com a consciência limpa... tudo respaldado pela
carta maior... ah, mas o presidente precisa me agradecer... eu
que arrumei esse troninho pra ele penetrar... minha marione-
te... quem manda no ditador sou eu... porra eu vou gozar eu vou
gozar isso continua isso caralho isso vaivaivaivaiassimissovaivava-
vavavavaaaaiiiiiiiiiiiiiiiiiiiiiiiiiiiiii

pronto? são quinhentos paus por página, seu procurador.
que ficar lendo textinho no seu ouvido não é coberto pelo salário
de Puta Oficial não.

parabéns pra você

Hoje é um dia muito especial para toda a nação plazileira. O chefe de Estado, nosso amado Bráulio Bestianelli, comemora mais um aniversário, completando seus 85 anos. É um rapaz ainda! Um herói nacional, sobretudo agora, após salvar as pregas anais de toda a páutria! Como homenagem, nossa emissora exibe uma edição especial do tradicional programa *Semana do Presidente*, que conta com a participação de diversos populares e artistas. Nós desejamos ao nosso presidente muitas felicidades e que deus continue lhe dando sensibilidade e sabedoria para continuar governando o nosso país! Belíssima a imagem que você vê agora, telespectador, de Bestianelli soprando as 85 velinhas em cima do seu bolo, que foi oferecido pelo CEO da Urinol Joint Venture do Plazil. Parabéns pra você!

(os olhos dourados do Imperador se enchem de lágrimas)

o que foi, Meu Supremo Senhor, vós estais sentindo-vos bem? Ó Minha Deusa Tesuda, não vos preocupeis, sempre me emociono em assuntos urinais, sabeis como prezo o chuveiro de ouro, Ah, Amém Absoluto, claro que sei, Bobos, façam o favor de trazer-nos garrafas de água, pois precisamos repor nossos líquidos, já é tempo de acabar com a crise hídrica!

frases da semana

A Constituição? Esse livrinho? Uma bola de ferro que me tira a liberdade de governar como bem entendo. O texto é monstruoso, a tal lei máxima é mais um entrave que uma fórmula de ação. As constituições são como as virgens, nasceram para ser violadas.

— Bráulio Garrazazuis Bestianelli, o ditador

Acredito que tenhamos saído da desordem para a ordem, da tirania para a liberdade, da corrupção para a integridade, da desonestidade para a honradez, da inércia para o trabalho, da indolência para a ação, da complacência para a dignidade, da cumplicidade para a decência.

— Carlos Lamerda, governador da Tabaquara

ato

Hoje o novo regime, a Revolução, lança seu Ato Anal, como se lê abaixo:

A revolução se distingue de outros movimentos armados pelo fato de que nela se traduzem, não o interesse e a vontade de um grupo, mas o interesse e a vontade da nação. A revolução vitoriosa em defesa do cu nacional se investe no exercício do Poder Anal. Este se manifesta pela eleição popular ou pela revolução. Esta é a forma mais expressiva e mais radical do Poder Anal. Assim, a revolução vitoriosa, como Poder Anal, se legitima por si mesma.

A suspensão dos direitos políticos, com base neste Ato, importa, simultaneamente, em:

I - cessação de privilégio de foro por prerrogativa de função;

II - suspensão do direito de votar e de ser votado nas eleições sindicais;

III - proibição de atividades ou de manifestação sobre assunto de natureza política;

IV - aplicação, quando necessária, das seguintes medidas de segurança:

a) *liberdade vigiada;*

b) *proibição de frequentar determinados lugares;*

c) *domicílio determinado.*

O presidente da República, em qualquer dos casos previstos na Constituição, poderá decretar o estado de sítio e prorrogá-lo, fixando o respectivo prazo.

Fica suspensa a garantia de habeas corpus, nos casos de crimes políticos, contra a segurança nacional, a ordem econômica e social e a economia popular.

Por fim, por meio deste, o cu da nação fica, irrevogavelmente, à disposição do presidente da República. O presente Ato Anal entra em vigor nesta data, revogadas as disposições em contrário.

quem semear colherá

eu tenho o ato nas mãos e com ele posso comer o cu que eu quiser.

a democracia plazileira deve afeiçoar-se às exigências de nossas condições sociais e não às exigências de sociedades alienígenas.

o regime democrático não é uma categoria lógica imutável e está sujeito a revisões impostas pela conveniência social.

o meu novo governo se inicia numa hora difícil. sei o que sente e pensa o povo, em todas as camadas sociais, com relação ao fato de que o Plazil ainda continua longe de ser uma nação desenvolvida, vivendo sob um regime que não podemos considerar plenamente democrático. não pretendo negar esta realidade, afinal quem manda no cu alheio sou eu.

ao término do meu período administrativo, espero deixar definitivamente instaurada a democracia em nosso país.

desejo manter a paz e a ordem. por isso mesmo, advirto que todo aquele que atentar contra a tranquilidade pública e a segurança nacional será inapelavelmente punido. quem semear a violência, colherá fatalmente a violência.

vêm ultimamente substituindo a escalada da contestação pela escalada do terrorismo. praticam graves atos de banditismo, assassinatos, roubos, e sequestros de agentes diplomáticos de nações amigas. golpes de mão para os quais de nada mais precisam senão da audácia de poucos fanáticos dispostos ao crime inspirados no desespero. a nação plazileira os repudia porque sempre abominou a brutalidade, a violência, o sacrifício de inocentes. buscam induzir o governo da revolução a uma nova escalada de repressão. haverá repressão, sim, dura e implacável, mas somente contra o crime e somente contra os criminosos.

esse governo é forte demais para se deixar atemorizar pelo terror.

bdsm

bem-vinda ao meu Palácio.

bem-vinda ao meu porão.

você é a Puta Dominatrix, não é isso? essa é a nossa masmorra.

você é a puta subversiva, não é isso? essa é a nossa masmorra.

ótimo. minha palavra de segurança é ESTADO, sabe como é,
algo brochante.

*ótimo. pode esquecer sua segurança, você é a partir de agora
uma prisioneira do Estado.*

eu gosto das coisas bem duras mesmo, pode pegar pesado.
eu aguento.

*eu gosto das coisas bem duras mesmo, vou pegar pesado. você
aguenta.*

de agora em diante eu vou te obedecer em tudo. sim, senhora.

*de agora em diante você vai me obedecer em tudo. repita co-
migo: sim, senhor.*

e se eu não te tratar com respeito pode me maltratar, bem
gostoso, que agora eu sou seu putinho.

e se você não me tratar com respeito eu vou te maltratar, bem gostoso, que agora você é minha putinha.

isso mesmo. o presidente é seu putinho.

isso mesmo. a vadia subversiva é minha putinha.

não tem mais ninguém aqui. quero que você me bata com força.

não tem mais ninguém aqui. eu vou te bater com força até você me contar tudo.

isso, chicote, cassetete, usa tudo. enfia tudo. mete com raiva.

não vai falar não? então vou usar meu cacete. enfiar tudo. meter com raiva.

sim, senhora, sim, senhora, sim, senhora. minha mestra. minha dona.

repete comigo: sim, senhor, sim, senhor, sim, senhor. sou seu mestre. seu dono.

me amarra todo, senhora, por favor, por favor, te imploro.

se você não colaborar eu vou te amarrar de cabeça pra baixo. pede por favor.

são lindas as suas unhas. enfia elas no meu cu. bate palma no meu cu. vê como o meu cu é apertadinho. usa o alicate agora.

são lindas as suas unhas. uma pena se eu tiver que arrancar, uma a uma, com esse alicate aqui.

aperta o alicate nos meus peitos. por favor, senhora.

seus peitinhos são uma delícia, vagaba. vamos usar o alicate neles, hein? ou você vai falar?

você vai me asfixiar, senhora? puta que pariu, eu vou morrer de tesão.

tá bem gostoso te torturar, filha da puta. não é parte do trabalho, mas eu tô sentindo tesão. quer ver? sente aqui. o meu caralhão duro de te ver sofrer.

mija em mim. caga em mim.

não acredito que o Estado Plazileiro tá me pagando pra fuder com essa subversiva gostosa.

não acredito que o Estado Plazileiro tá te pagando pra me fuder gostoso.

meu trabalho é o melhor do mundo.

meu trabalho é o melhor do mundo.

recomendação médica

prezados carrascos,
cumprindo minha função de médico portador de CRM e portanto preocupado com meu papel social e ético, é meu dever alertá-los sobre o perigo das torturas que andam sendo feitas nos porões do governo. deixo abaixo algumas indicações.

Procedimentos recomendados:
1. espancamentos, principalmente no rosto e na cabeça;
2. choques elétricos nos pés e nas mãos;
3. murros na cabeça;
4. palmatória de madeira nos pés e nas mãos;
5. pau de arara;
6. uso de ratos para enfiar nas cavidades genitais.

Procedimentos não recomendados:
1. espancamentos no abdômen, sobretudo em mulheres grávidas;
2. choques elétricos em outras partes do corpo além dos pés e das mãos.

estou à disposição para quaisquer dúvidas ou indagações. prossigam com o excelente trabalho que têm feito.

atenciosamente,

lendas

queridos plazileiros e plazileiras,

me dirijo a vocês para rebater as absurdas denúncias de tortura que o meu governo tem sofrido. não passam de falsidades e lendas, criadas para deslegitimar o novo regime e abalar a segurança anal da nação. teóricos da guerra revolucionária tendem a explorar a credulidade pública, atribuindo a elementos das Forças Mamadas arbitrariedades e abusos de autoridade incompatíveis com a dignidade da função militar e do sentimento humano.

peço-vos que não acreditem em tais ladainhas.

confiem no nosso trabalho, e vossos cus permanecerão apertados.

(*Imperatriz grita em direção aos Bobos*)

lacaios, tragam-me imediatamente uma fita métrica, acabei de lembrar-me de que está na época de medir o diâmetro anal do vosso Imperador, rápido!

(*Bobos prontamente levam a fita métrica ao camarote*)

vamos, Meu Estocado Esposinho, abra bem as vossas pregas e diga 33.

cerimônia

bom dia, plazileiros e plazileiras.

hoje estamos aqui reunidos para o início de uma nova era.

um novo dia amanhece, e o sol, assim como vocês, me obedece.

como já sabem, os estados foram sacrificados pelo fim do conceito de república federativa. agora só existe o governo central. não entenderam, ó meu inculto povo? então vamos desenhar. a cerimônia de hoje marca uma transformação na nossa história.

(*o ditador acende a pira*)

esse fogo, que simboliza a renovação, incendiará nesta pira as bandeiras estaduais, que a partir de hoje estão banidas.

o único símbolo do nosso glorioso país agora é a bandeira nacional. uma só bandeira para um só cu, unido em oração.

por isso, mais do que nunca, devemos honrar a bandeira e o hino, nossos símbolos pautriotas. há sempre uma atitude de respeito, simples e natural, nascida do nosso amor ao Plazil. sem exagero, é só ficar de pé. os símbolos nacionais são de todos os cidadãos, como eu, como você, como sua mãe, como sua avó, como seus amigos, como toda a sua família. erga a bandeira com orgulho no Dia da Páutria. cante com amor & devoção o Hino Nacional.

PLAU!

reis

gostoso mesmo era no tempo dos reis. a legitimação era simples. deus mandou e pronto: direito divino. depois fabricaram esse troço de povo. o que é povo? aí deu essa merda: de deus passou pro povo, e agora o sabre, esse sabre cego, curvado e enferrujado.

esse troço de matar é uma barbaridade, mas eu acho que tem que ser.

— *trecho do diário de Bráulio*

queimada

Incinerados vários livros considerados propagandistas
do credo comecuísta

Por determinação do ditador Bráulio Bestianelli, a Comissão de busca e apreensão incinerou vários livros considerados como propagandistas do credo comecuísta. Entre os títulos, estavam clássicos da literatura nacional, como *Memórias póstumas de um cu*, e as obras completas de José do Rego. Do ato foi lavrado um termo que autorizou a queimada, assinado por diversos membros das Forças Mamadas, com autorização do próprio presidente.

Este jornal aproveita para parabenizar a atitude do Sarnento, afinal há muito é de conhecimento geral que a ameaça comecuísta está mais próxima do que nunca. Só o que pode salvar o Plazil desse terrível golpe é a segurança de um poder centralizador, nas mãos de um militar, como deve ser. Bráulio Bestianelli tem o nosso apoio irrestrito! Agora segue uma receita de coxinha.

leitura I

bom dia, galera. plau. vocês devem ter visto aí o pronunciamento do presida, de agora em diante não pode mais livro subversivo, comecuísmo tá proibido, então criamos essa comissão especial: o Departamento de Leitura. vocês estão aqui porque foram
selecionados como os funcionários mais inteligentes do regime.
como documentado no diário oficial, nossa função é "ler, previa-
mente à publicação ou ao lançamento, TODAS as obras culturais
produzidas por artistas plazileiros, com o objetivo de selecionar
os fragmentos aprovados e garantir que só chegue ao público o
cleme de la cleme da criatividade nacional". alguma pergunta?

eu tenho, senhor diretor.

fala aí, Jorge.

é que eu não sei ler.

tem problema não, confiamos na sua capacidade intelectual
para selecionar o que há de melhor na nossa arte. alguma outra
questão?

ô seu Romero, vê se eu entendi. a gente tem que ler todos

esses livros, ouvir todas essas músicas, e ainda por cima fazer interpretação de texto pra escolher o que pode e o que não pode?

a ideia é essa.

ah, não, meu chapa, aí não vai dar não. com todo o respeito. precisa fazer isso mesmo? plazileiro nem lê direito, tanto faz o que é publicado e o que não é...

(*burburinhos, outros oficiais também expressam insatisfação*)

olha só, galera, o ditador mandou, então a gente obedece. se vocês tiverem preguiça, pede para outra pessoa ajudar, espalha pros seus familiares ou amigos, faz úni-dúni-tê pra escolher o que é aprovado e o que não, sei lá. só sei que esse serviço tem que ser feito!

mas, senhor, não tem como arrumar outra coisa que a gente pode censurar que não dá tanto trabalho? livro é chato demais...

(*o diretor tem uma ideia*)

uai, tem uns filminhos bem interessantes aqui... acho que vocês vão gostar... plau, plau, plau!

viva o cinema nacional

Após a institucionalização da ditadura Bestianelli, uma parte do governo começa a chamar atenção, por trabalhar com um hábito ainda estranho à população: o Departamento de Leitura, responsável por filtrar a produção cultural plazileira. Este jornal acredita e confia na expertise do departamento, cheio de funcionários da mais alta elite intelectual, para aplicar da melhor maneira possível a benévola censura, ou como o diretor prefere dizer, curadoria.

"Somos curadores profissionais preocupados com a qualidade da arte propagada no país", declarou o sr. Romero Grito, diretor nacional do Departamento, na coletiva de imprensa hoje à tarde. Segundo Grito, a curadoria cumpre um papel crucial no novo regime, pois toma as providências necessárias para divulgar somente a mais alta cultura nacional.

No fim da coletiva, como mostra da boa-fé e da tolerância do Departamento, o senhor diretor deu alguns exemplos de frases retiradas de filmes recém-lançados, orgulhoso de sua bem--feita edição curatorial. Reproduzimos abaixo os trechos cortados das obras, de maneira a orientar os artistas a NÃO adicionar cenas e frases tão vulgares como essas em suas produções futuras. Mentes criativas de todo o Plazil, baixem a pena e empunhem as borrachas, pois trechos como estes não serão mais tolerados na Era Bestianelli.

CENAS

Num filme sobre crise econômica e empreendedorismo, as seguintes frases foram retiradas do roteiro:

- *Esse é o terceiro cuzinho que me escapa esses dias por ausência de capital.*
- *Já se foi o tempo que eu subia... como as moedas gringas!*
- *Salve o Plazil! Sem saneamento básico, mas campeão mundial de natalidade!*
- *É só você vestir uma minissaia, a mais curta possível, sentar no colo quente do cliente e fazer uma saudação fascista com as pernas. Desse jeitinho mesmo!*
- *Las putas insistimos que los políticos no son hijos nuestros.*

Num filme sobre literatura e artistas, a seguinte cena foi cortada, um diálogo entre estudantes na universidade:

- *Ele era o único de nós que entendia a ideologia comecuísta. E entendia muito?*

Num sei. Como eu e o resto não entendíamos nada, como é que eu vou saber se ele entendia muito ou pouco? Mas que entendia, entendia.

TÍTULOS

Os títulos de algumas obras, entre elas filmes e livros, também tiveram que ser trocados, mas sempre mantendo o sentido original em respeito ao trabalho artístico. Vide os exemplos abaixo:

- *Amadas e violentadas* virou *Amadas*

- *Aventuras amorosas de um padeiro* virou *O pão e o pau*
- *O bom marido* virou *O marido*
- *Os mansos* virou *Plazília*
- *Porão das condenadas* virou *Plazil*
- *Terror e êxtase* virou *O presidente pornô*

a cordial primeira-dama

A primeira-dama tem dado o que falar. Vista por muitos como a eterna ex-vice-Miss-Bumbum, Cândida Bestianelli prova todos os dias que, além da comissão de trás, também tem comissão de frente. Ela lançou na última semana um projeto social oferecendo tratamento para trabalhadoras domésticas vítimas de tuberculose, contando com a colaboração das igrejas que frequenta e das suas amigas religiosas. Elas fazem reuniões semanais na capela que o próprio presidente construiu para a esposa no Cacete.

Além do seu trabalho voluntário ajudando quem mais precisa, D. Santinha também se consolida como um ícone da moda. Suas roupas vibrantes sempre chamaram atenção, e ela resolveu aproveitar os holofotes para lançar uma coleção de lingeries, "camufladas, para esposas de militares", e "religiosas, para as varoas abençoadas", segundo o release enviado para todos os jornais do país. O povo perguntou se as roupas íntimas são unissex, ou seja, se podem também ser usadas pelos maridos militares ou pelos varões, mas a primeira-dama não se pronunciou sobre o assunto.

(*Imperador tira uma calcinha camuflada da bolsa*)

eu já garanti a minha; se alguém quiser adquirir também, me fala que eu tenho um código de desconto e ganho pontos na loja se levar mais compradores...

leitura II

você aí, o diretor quer falar concê. você é o dono deste livro?

mas que mal há nisso? ora, veja o nome do autor... he is gringo.

opa, gringo?

yes, sir!

dos Estados Desunidos?! mas lógico! gringo... por favor, o senhor me desculpe. foi preso devido à ignorância de certos policiais subdesenvolvidos. o senhor está livre!

thank you!

de qualquer forma, aconselho a ter mais cuidado com os livros. o mais sensato mesmo é não ler nenhum.

nota oficial

O ministro de Estado da Defesa e os comandantes da Narina do Plazil, do Exércuto Plazileiro e da Força Etérea Plazileira repudiam veementemente as declarações veiculadas na mídia recentemente, desrespeitando as Forças Mamadas e generalizando esquemas de corrupção, além de insinuações de que as Forças Mamadas estejam abusando do seu poder para confiscar livros e outros documentos intelectuais.

Essa narrativa, afastada dos fatos, atinge as Forças Mamadas de forma vil e leviana, tratando-se de uma acusação grave, infundada e, sobretudo, irresponsável.

A Narina do Plazil, o Exércuto Plazileiro e a Força Etérea Plazileira são instituições pertencentes ao povo plazileiro e que gozam de elevada credibilidade junto à nossa sociedade conquistada ao longo dos séculos.

Por fim, as Forças Mamadas do Plazil, ciosas de constituírem fator essencial da estabilidade do país, pautam-se pela fiel observância da Lei e, acima de tudo, pelo equilíbrio e ponderação, e estão comprometidas em preservar e salvar vidas.

As Forças Mamadas não aceitarão nenhum ataque leviano às Instituições que defendem a democracia e a liberdade do povo plazileiro.

Ministro de Estado da Defesa
Comandante da Narina
Comandante do Exércuto
Comandante da Força Etérea

leitura III

boa noite.
boa noite. o senhor tem livro subversivo aí?
tem não.
ah, num tem?! e este aqui... *Macunaíma*? com cu no título
ainda?! onde já se viu uma sem-vergonhice dessas?
nem li.
mas é um livro subversivo! comecuísta! vamos! está confis-
cado, e você, preso!

guerra

olha só, senhor ditador, nós precisamos de alguma coisa pra
sacudir o povo, pra eles comprarem mais a ideia dessa ditadura,
senão vai ser difícil sustentar.
você tá me chamando de frouxo? de brocha???
jamais, senhor ditador. plau. só que, como seu analista de
branding & marketing, é meu trabalho te alertar da perda de popularidade. e sabe o que é um ótimo incentivador de popularidade?
o quê?
medo.
hum. achei que você ia falar tesão. mas tá, pode ser. o que
me recomendas?
bom... que tal uma guerra?

(o rosto de Bráulio se ilumina)

SIM... claro! uma guerra! como não pensei nisso antes?!
meus companheiros das Forças Mamadas vão amar a ideia.
ótimo, senhor, então vamos. inclusive podemos comprar um

porta-aviões da Narina da Poucaterra, a melhor da Zoropa, está em promoção. qual país iremos atacar?

(Bráulio está esfuziante, exultante, triunfante)

qualquer um!
mas não temos inimigos.

(Bráulio está excitado, desvairado, tresloucado)

agora teremos!

educação

Por meio deste documento, atualizam-se os critérios para admissão nas escolas preparatórias de oficiais. Está proibida a aceitação de pessoas de cor, negros ou mulatos; de filhos de estrangeiros; de filhos de pais que exerçam atividades humildes, artesanais ou proletárias; de candidatos pertencentes a famílias cuja orientação política inspire suspeitas; de judeus; de filhos de casais desquitados, desajustados ou cuja conduta, particularmente do membro feminino, discrepe das normas morais; de não católicos. Caso algum desses elementos se inscreva, a orientação direta do Cacete é mandar todos pra serem cudetinhos de frente, nas linhas de vanguarda, pro povo não reclamar que estamos segregando. Afinal, isso é simplesmente a seleção natural.

imprensa

olha aí, não saiu porra nenhuma em jornal nenhum não, hein!

não. nem as rádios nem os jornais divulgarão nada a respeito. é um pedido da polícia para maior segurança.

povo canta

(*Imperador e Imperatriz descem do camarote em direção ao palco e cantam ao lado do povo, numa comunhão pautriótica*)

♪ *Plazil já vai à guerra* ♪
♪ *comprou um porta-aviões* ♪
♪ *pagou pau pra Poucaterra* ♪
♪ *sessenta e nove bilhões* ♪
♪ *óia que ladrões* ♪

♪ *enquanto os agiotas* ♪
♪ *aprovam a medida* ♪
♪ *dessa corja bandida* ♪
♪ *a população encardida* ♪
♪ *aceita as tais derrotas* ♪
♪ *dos pautriotas* ♪

toninhas

É inacreditável o fracasso das Forças Mamadas no Plazil! Como se não bastasse estarem nos enfiando numa guerra sem sentido, sem motivo, sem adversário certo e sem apoio popular, ainda gastam dinheiro público para financiar palhaçadas.

Narremos Os Fatos.

A última presepada da Narina foi algo que parece ter saído de um livro de realismo fantástico. Cudetes da Narina Plazileira estavam em seu navio, a postos caso ocorresse algum ataque subaquático. Percebendo uma movimentação no mar, o Chupetão de corveta responsável pela tropa deu o veredito: são submarinos inimigos! Fogo!

Poucos instantes depois, momento em que o único som quebrando o silêncio eram as respirações ofegantes dos jovens narinheiros, toda a tripulação vê um grande volume de sangue subir à superfície.

Não, eles não tinham atirado em submarinos inimigos. Mas num cardume de toninhas.

Esse episódio de amadorismo, típico das Forças Mamadas

plazileiras, é um fato que por si só já é suficiente para que o Plazil se retire dessa guerra ridícula, ressarça as famílias dos jovens arrastados pra uma matança inútil, e inicie um projeto socioambiental para evitar a extinção das toninhas. Antes o comecuísmo tivesse, de fato, comido o nosso cu!

cruzadas

Enquanto o Plazil é arrastado para uma cruzada bélica, o presidente faz palavras cruzadas. Quando viu um companheiro do Exércuto carregando um livro sobre a Grande Guerra, Bestianelli reagiu: "Você é um idiota, perdendo tempo com essas coisas. Eu hoje só faço palavras cruzadas". Procurado por este jornal, Bráulio negou a autoria de tal xingamento. Mas reafirmou o gosto em cruzadinhas, contando inclusive que ele criou algumas e enviou-as para revistas especializadas no assunto. Além disso, o ditador é o orgulhoso dono de um caderno reservado a fazer as vezes de dicionário de palavras, e tem especial apreço por encaixar os termos "arma", "amor", "deus" e "eu" nas suas cruzadinhas. "Também digo que o portumês, o fato de você fazer palavras cruzadas, né, ajuda, e muito, no seu raciocínio, no desenvolvimento, na sua bagagem cultural", declara o presidente.

226

fora bestianelli

O povo plazileiro cansou do seu presidente. Segundo a maior parte da população, Bráulio Bestianelli é corrupto, fingido, dissimulado, ruim de cama, desqualificado, incapaz, brocha, fraco, covarde, xoxo, inconsistente, capenga, arbitrário, tirânico, medíocre e demonstra pouca malemolência. É isso que dizem os estudantes de cara pintada que lideram o movimento Fora Bestianelli. A juventude tem se reunido diariamente em escolas e universidades para mobilizar diversas parcelas da população contra o ditador. Os grupos ao redor do país já começam a fazer barulho nas ruas, gritando: *ai, ai, ai, ai, se empurrar o Bráulio cai!*

Até o autor da Constituição autoritária do golpe, o ex-ministro da Justiça Sérgio Campos, cobrou: "O sr. Bráulio Bestianelli já pensou demais em si mesmo. É tempo de pensar também um pouco no Plazil".

Quando procurado para se pronunciar sobre o movimento #ForaBestianelli, o presidente respondeu: "As pessoas têm vergonha de dizer que apoiam o governo, porque há tanto essas mentiras, essas fofocas de corrupção, de que o presidente é corrupto, que as pessoas ficam meio atemorizadas, envergonhadas de dizer que apoiam. Há uma tentativa brutal de tentar desmoralizar o presidente da República. Eu não vou sair da Presidência com essa pecha de um sujeito que incorreu em falcatruas".

É necessário que uma vez ao menos o sr. Bráulio Bestianelli deixe cair do rosto a velha máscara que usa. O país precisa saber de que cor é a verdadeira face do sr. Bráulio.

desfile

Numa tentativa desesperada de sustentar seu governo apelando para o pautriotismo da nação, o ditador Bráulio Bestianelli investe pesado no desfile militar do Sete de Setembro, data da semi-independência do Plazil e ocasião em que, tradicionalmente, as Forças Mamadas desfilam ~~na passarela sissy that walk!~~ nos espaços públicos nacionais. Gastando mais de três bilhões, Bestianelli planeja um evento de proporções gigantescas, que ocorrerá simultaneamente em Plazília e em várias cidades ao redor do país.

Contudo, nem a população nem os outros políticos parecem animados com a ideia. Em pronunciamento oficial na tribuna da Câmara, o deputado Márcio Garcia afirmou: "Seria necessário que cada pai, cada mãe, se compenetrasse de que a presença dos seus filhos nesse desfile é o auxílio aos carrascos que os espancam e os metralham nas ruas. Portanto, que cada um boicote esse desfile. Esse boicote pode passar também às moças, aquelas que dançam com narinheiros e namoram jovens oficiais".

(*Imperatriz dá risadinhas acanhadas, subitamente tímida, levando um leque ao rosto de porcelana*)

contanto que não boicotem o boquete…

mar de lama

Polêmica! Bafão! Babado! Carlos Lamerda, governador da Tabaquara, chamou o governo de Bráulio Bestianelli de MAR DE LAMA! Complementando o bafafá, o deputado Afonso Narinos botou lenha na fogueira: "Tenha a coragem de perceber que o seu governo é hoje um estuário de lama e um estuário de sangue. Verifique que os desvãos de sua casa de residência são como o subsolo de uma sociedade em podridão. Reflita nas suas responsabilidades de presidente e tome, afinal, aquela deliberação que é a última que um presidente no seu estado pode tomar".

Até o vice-presidente, Michel Linhares, se demonstra preocupado com a situação do parceiro de chapa: "Sobressai uma inquietação geral. Governo, oposição e povo, através de todas as classes civis e militares, se mostram apreensivos e inseguros. Ninguém está seguro. A ordem e o próprio regime parecem equilibrar-se num fio, às bordas de um despenhadeiro. Não há quem não perceba que, a qualquer momento, tudo poderá precipitar-se na voragem de surpresas desagradáveis".

Sem deixar dúvidas sobre sua posição, Lamerda, que no início apoiava o regime ditatorial, agora retira toda simpatia ao chefe do Estado: "O presidente é este ser feio por fora e horrível por dentro".

Em pronunciamento oficial, hoje, o presidente Bráulio Bestianelli declarou, com bastante seriedade: "Desejei um Plazil para os plazileiros, afrontando, neste sonho, a corrupção, a mentira e a covardia que subordinam os interesses gerais aos apetites e às ambições de grupos ou indivíduos, inclusive do exterior. Sinto-me, porém, esmagado. Forças terríveis levantam-se contra mim e me intrigam ou difamam, até com a desculpa da colaboração. Estou muito decepcionado com a falta de apoio popular. Achei que o povo sairia às ruas clamando por mim, seu tão dedicado ditador. Enganei-me. O povo plazileiro é muito passivo".

Subitamente, o presidente mudou de figura, quando pensou que haviam desligado as câmeras. Porém, REVIRAVOLTA! Tudo ainda estava sendo filmado, e ele vociferou em alto e bom som, ao vivo para todo o Plazil: "A oposição é composta de cagões e bundões! Lamerda é senil e esclerosado! O presidente da Câmara é canalha, escroque e imoral! Essa imprensa de merda. Esses cagalhões vão engolir pela boca e pelo outro buraco o que estão falando contra mim! Esse país é uma republiqueta tribal!". Logo depois, a equipe percebeu o erro e avisou o presidente, que prontamente saiu do foco da câmera e foi se retirar nos seus aposentos.

a queda

OS FATOS DE ONTEM

AS ARRUAÇAS

CORRERIAS

INTERVENÇÃO DAS FORÇAS MAMADAS

TIROTEIOS

MORTOS E FERIDOS

BARRICADAS

ATAQUE E INCÊNDIO AOS BONDES

CUS DESCONTROLADOS

DERRUBADA DE CONDUTORES

Hoje o povo foi às ruas deixar o seu recado. Cansada de uma guerra sem motivo, empobrecida pela crise econômica, desmoralizada frente aos outros países, sofrendo violências e enterrando seus entes queridos, a população plazileira disse, a plenos pulmões: FORA BESTIANELLI!

Pegando em armas, o povo se organizou e conseguiu, após barricadas e protestos direcionados ao Palácio do Cacete, depor o ditador Bráulio Garrazazuis Bestianelli. Ele foi expulso do Palácio a pontapés, e teria sido guilhotinado pelos revoltosos se não tivesse fugido dali com a rapidez mesquinha dos covardes. Pedimos a um poeta popular que testemunhou a cena para descrever como o ex-governante parecia aos olhos do povo:

"A figura era vulgar e desoladora. O bigode caído, o lábio inferior pendente e mole a que se agarrava uma grande mosca; os traços flácidos e grosseiros; não havia nem o desenho do queixo ou olhar que fosse próprio, que revelasse algum dote superior. Era um olhar mortiço, redondo, pobre de expressões, a não ser de tristeza, que não lhe era individual mas nativa, de raça, e todo ele era gelatinoso — parecia não ter nervos."

Tomada pelo poder público, a casa da democracia plazileira finalmente respira livre do autoritarismo. Após assembleia popular realizada no pátio do Palácio, ficou decidido: o vice Michel Linhares fará um governo de transição, para evitar novos golpes, e daqui a três meses teremos nova eleição para que o povo, em toda a sua soberania, escolha democraticamente o seu representante.

Viva a República! Vive a República!

frente ampla

Depois de três meses ocupado pelo ~~restolho da ditadura~~ ex--vice Michel Linhares, o Palácio do Cacete finalmente voltará a ter moradores comprometidos com a democracia. Contudo, o Plazil terá que lidar com os atos desse último presidente por muito tempo, já que, envenenado pelo poder do nepotismo, Linhares lotou a administração pública de parentes. Ele não perde tempo mesmo! Mas o povo não ia deixar barato. Não tardou a surgirem as marchinhas denunciando *os linhares, que são milhares.* Porém, chega do passado, vamos ao futuro! Acaba de ser eleita a Frente Ampla Progressista (FAP), uma forma inédita de governar, pensada justamente para evitar abusos de poder individuais. Composta por cinco líderes de partes diferentes do Plazil, entre eles a professora Gaia Pereira e o advogado Anselmo Gomes da Silva, a FAP governará de uma maneira horizontal, buscando ouvir e resolver os problemas trazidos pela voz do povo. Após um estudo de caso profundo sobre a última década no Plazil, o novo governo prevê que demorará ainda alguns anos para limpar a bagunça feita por Bestianelli.

Entretanto, a FAP parece que é progressista só na política, já que, na cama, todos são tradicionais! Este jornal teve acesso a uma fonte quentíssima, imersa na vida cotidiana dos líderes de governo, e trouxe revelações bombásticas! Segundo a fonte 100% confiável, todo mundo ali só usa a mão direita, transa papai e mamãe, após o casamento, em relações heterossexuais e monogâmicas.

O que o Plazil pensa disso? Fomos ouvir os populares. Maria Joana, dona de casa, afirma: "Se eles escolheram esperar pra trepar, problema deles. Só não podem esperar pra consertar o país!". Não é que Maria Joana tem razão? Viva a FAP! Viva a democracia restaurada no Plazil!

o presidente-poeta

o que pedimos aos nossos heróis?
nós os colocamos num pedestal
apenas para presenciar a queda?

voei muito perto do sol
e queimei minhas asas.

não sei quem eu sou
fora do poder.

o que pedimos aos nossos heróis?

onde se encaixam
quando eles caem na terra
agora meros mortais?

pode um homem ser refeito?
pode um legado renascer?

ah. foda-se. vamos foder.

— *do livro de poesias jamais publicado de Bráulio*

(*Imperador e Imperatriz se irritam, mas respiram fundo*)

ah, nem, tava indo tão bem, e de repente uma bomba dessa... diretor, diretor... vamos relevar só porque tá acabando, mas se isso se repetir ano que vem você já sabe... cortamos suas duas cabeças!

(*diretor enrubesce e não responde, pois sabe que a melhor poesia é o silêncio*)

memória

(Bráulio bebe água enquanto observa a repórter arrumar suas coisas para ir embora. no fundo, se sente grato pela presença daquela jovem, alguém que ainda se lembra dele, mesmo depois de tanto tempo. resolve deixar o orgulho de lado)

ô menina. só queria te agradecer mesmo. quase ninguém vem me visitar aqui nessa masmorra, eu passo os dias sozinho, é bom saber que alguém da nova geração se preocupa com a integridade e a dignidade dos heróis nacionais. mas me diga, onde que vai ser publicada essa entrevista mesmo? alguma revista internacional? um livro comemorativo sobre líderes plazileiros?

ah, seu Bráulio, na verdade isso aqui é pesquisa pra uma peça que estão querendo fazer sobre o senhor.

uma peça? hum… não é o que eu esperava, mas tudo bem… será um drama shakespeariano? creio que não mereço menos.

olha, senhor, acho que tá mais pra uma pornochanchada, sabe? uma sátira bem-humorada… um texto de escárnio e maldizer…

O QUÊ? e quem você pensa que é pra me maldizer por aí? ó sua rapariga, você vai pagar, vou te matar, vou destruir esse caderninho de merda! vocês não vão arrancar nada de mim! só por cima do meu cadáver!

(*aquele homem absurdamente velho, intensamente branco, irreversivelmente calvo se levanta da larga poltrona vermelha e vai, com os punhos em riste, pra cima da repórter. a jovem se desvia do soco com facilidade, Bráulio cai no chão. derrotado, começa a perder o ar, ficando vermelho*)

seu Bráulio! seu Bráulio! o senhor está bem? ai, meu deus do céu, olha os pepinos que essa produção me arruma... eu sou só uma estagiária, pelo amor de deus... me deram esse serviço que ninguém mais queria, e agora essa... alô, ambulância, tem um idoso aqui caído no chão. tá respirando com dificuldade, a cara vermelhona igual um pimentão. o pulso? hummm, o pulso tá fraco. infarto? e o que eu faço? não sei fazer isso não, moça. ai, jesus amado, tá bom, vou tentar.

(*a repórter deixa o telefone de lado e começa a fazer uma massagem cardíaca improvisada no ex-ditador. depois de um minuto, ela perde a paciência, volta para o telefone*)

olha, moça, te agradeço pela ajuda, mas esse aqui não tem salvação não; 133 anos, é, já tá bom, viveu muito. obrigado de novo, tchau.

(*a estagiária desliga o telefone e olha para Bráulio Bestianelli. bateu as botas. os olhos abertos, a face com uma expressão de horror eternizada pela morte. a jovem olha prum lado, olha pro outro. pensa, coça a cabeça. que problemão ela arrumou, teria que ligar pra polícia, prestar depoimento, dependendo podia até ser acusada de matar o velho. não há ninguém ali, não há ninguém num raio de quilômetros. ah, foda-se. ela fecha os olhos do cadáver e vai embora, apertando o caderno com o registro da entrevista firme ao peito: Bestianelli iria com ela, vivo. seu corpo, morto, ficava para trás. afinal, essa noite já contava com um compromisso mais importante do que velar a morte de um presidente do Plazil: tinha pizza pro jantar)*

império

(Imperador e Imperatriz se acabam de rir, enxugando os líquidos expelidos ao longo da peça: lágrimas, urina, porra)

rá-rá-rá! ó Supremo Imperador, toda vez eu me acabo de rir com este tão humano teatrinho, ó Suprema Imperatriz, realmente é uma obra-prima, comédia digna do passado do nosso tão nobre país, Que Assim Seja Louvado, a memória e o humor são as bases de qualquer nação decente, Que Assim Seja, Meu Supremo Senhor, é plantando em cima da história que os impérios florescem, e a ficção e o riso são uma arma essencial nessa cruzada, ó Meu Imperador, Meu Supremo Senhor, ai que vontade de futricar os teus abismos, Imperatriz Peladinha, Ó Tão Safada, pois então me chupe intrinsecamente, pois estou sempre disponível para a tua diversão, Meu Pervertido Maridinho, creio que agora seja um bom momento para fechar as cortinas e expulsar os Bobos, pois há muito prazer para gozar e todo esse prazer não se gozará sozinho, sim, Minha Gostosa Vulgar, liderar com satisfação é nosso cívico dever, devemos sempre estar com os orgasmos em dia para melhor governar nosso inculto povo, sim, Meu Delicioso Bandido, devemos honrar os impostos pagos pelas massas nossas servas, e jorrar nos mais profundos cavernosos, ó trabalhadores desta fortaleza, obedeçam a vossa Suprema Imperatriz, já!

(*os Bobos Da Corte Imperial e demais funcionários fecham as longas cortinas, limpam o palco da sujeira dos últimos atos e se retiram. trevas*)

FIM DO TERCEIRO ATO

AGORA ACABOU MESMO

E O QUE FICA É ESTA BELA LIÇÃO

PLAZILEIRO TUDO PORCO GOSTA DE CAIPIRINHA

CRIME OCORRE NADA ACONTECE FEIJOADA

E TUDO TERMINA EM PIZZA

fortuna crítica

agradecemos tantas palmas esfuziantes, ó crianças, ó bebês! esperamos que tenham aproveitado este precioso espetáculo e aprendido muitas lições valiosas.

e para encerrar o tradicional evento em que celebramos a história da nossa grande nação, o microfone fica aberto a vós, o povo! o que acharam d'*O presidente pornô*? que a voz se faça pública:

achei legal, mas tem umas coisas muito forçadas, né? inverossímeis. recomendo pesquisarem mais da próxima vez.
— Joana, 5 anos, historiadora

adorei o Brauliozinho. se pudesse eu votaria nele!
— Enzo, 4 anos, empresário

seria mais envolvente se fosse numa língua mais chique, portumês tá por fora. boooring…
— Rebeca, 6 anos, poliglota

absolutamente repugnante, porém tolerável. a verdadeira natureza do obsceno é a vontade de converter. então mesmo na baixeza há salvação.

— Bento, 3 anos, seminarista

de fato, este teatrinho é pueril, meninil, uma pornografia pra crianças. fico aguardando a adaptação para adultos.

— Simone, 8 anos, poeta, crítica literária e professora universitária

muito bem! já deu de democracia por hoje. não se esqueçam das suas lembrancinhas, crianças, ferramentas basilares para a construção do vosso futuro: neste saco verde e amarelo, há um vibrador, instruções para montar coquetéis molotov e uma caneta.

que a terra vos seja leve. às reescritas!

Programa

ATO I
advertência II
a verdade
o primeiro discurso
bate-bola
o caminho da prosperidade
as candidaturas por elas mesmas
de frente pro sarnento
o argonauta
o karatê kid
o intelectual
antes que o sol se ponha
ali vem nossa comida pulando
o debate: quem é quem
o debate: dá ou não dá?
o debate: banheira plazileira
o debate: torta na cara
via-crúcis

língua
praças púbicas
raiva epistolar
que tiro foi esse
tradição
convalescença
viva a democracia

herói erótico

ATO II
nasce uma estrela
o primeiro luto
alecrim dourado
querido diário
rebelde sem causa
cuidado: frágil
meu primeiro amor
esverde e amarele
o primeiro casamento
o segundo luto
o segundo casamento

intervalo

ATO III
morfeu
o giro
intimidade
caixinha de vinganças
vendeta
a república das bananas

de cima pra baixo
papai grande lá do cacete
prole
a mulher estéril
confiança
pau mole
gases
incêndio
empreendedorismo I
cavalos
anatomia de uma primeira-dama
empreendedorismo II
queremos
a musa da república
fraldas
café ou leitinho?
voyeur
reforma
desigualdade social
diagnóstico
jogo do bicho
corta-jaca
pular carnaval
a república perde a calcinha
edital
meu primeiro motel foi a rua
soneca
urucubaca
escorpião
ameaça
solução
a república

pela liberdade
proclamação ao povo plazileiro
amor
apoio e solidariedade
fuck fraude
parabéns pra você
frases da semana
ato
quem semear colherá
bdsm
recomendação médica
lendas
cerimônia
reis
queimada
leitura I
viva o cinema nacional
a cordial primeira-dama
leitura II
nota oficial
leitura III
guerra
educação
imprensa
povo canta
toninhas
cruzadas
fora bestianelli
desfile
mar de lama
a queda
frente ampla

o presidente-poeta
memória
império

fortuna crítica

Agradecimentos

Muito se engana quem pensa que a literatura é feita por duas mãos apenas. *O presidente pornô* não existiria sem a presença e o suporte das seguintes pessoas maravilhosas, a quem agradeço intensa e amorosamente: meus coautores Filipe Vieira e Camila Berto, cujas contribuições deixaram o livro muito melhor e mais divertido; e os amados Adriano Scandolara, Agda Vieira, Antônio Othero, Antônio Vieira, Barulhista, Beatriz Kalil Othero, Bruno Carrara, Claudia Campolina, Felipe Cordeiro, Glenda Vieira, Harion Custódio, Jeferson Tenório, José Eduardo Gonçalves, José Henrique Bortoluci, Laura Cohen Rabelo, Laura Gomes, Lucas Resende, Micheliny Verunschk, Mônica Kalil Othero, Octavio Cardozzo, Pablo Parreiras, Pacha Urbano, Sofia Perpétua, Stephanie Borges, viniciux da silva e Wilson Alves Bezerra. Agradeço muito pela leitura de trechos deste romance e pelas trocas intelectuais sempre frutíferas, além do apoio e do amor cotidiano comigo.

O meu muito obrigada bastante emocionado a toda a excelente equipe da Companhia das Letras, por acreditarem neste projeto e trabalharem nele com tanta atenção e respeito. Agradeço imensamente a Adriane Piscitelli, Alceu Nunes, Ale Kalko, Andrea Oliveira, Ariadne Martins, Beatriz Dinis, Bianca de Arruda, Bruna Frasson, Caco Neves, Camila Berto, Camila Saraiva, Cê Oliveira, Elisa Izhaki, Fernanda Felix, João Victor de Araújo, Lilia Zambon, Lucila Lombardi, Márcia Copola, Maria Luiza de Freitas Valle Egea, Mariana Metidieri, Marina Munhoz, Mauro Figa, Max Santos, Rafaela Oliveira, Renata Lopes Del Nero, Sheila Liberato, Taina Andu, Tânia Maria, Thaís Britto e Tomoe Moroizumi.

Agradeço e declaro a minha reverência absoluta a você, que me lê. Sem a sua escuta, este livro não existe. Sigamos!

ESTA OBRA FOI COMPOSTA POR ACOMTE EM ELECTRA E IMPRESSA PELA
LIS GRÁFICA EM OFSETE SOBRE PAPEL PÓLEN SOFT DA SUZANO S.A.
PARA A EDITORA SCHWARCZ EM JUNHO DE 2023

A marca FSC® é a garantia de que a madeira utilizada na fabricação do papel deste livro provém de florestas que foram gerenciadas de maneira ambientalmente correta, socialmente justa e economicamente viável, além de outras fontes de origem controlada.